河出文庫

私語と

尾崎世界観

河出書房新社

書き下ろ詞

文庫

「この気持ちもいつか手軽に持ち運べる文庫になって」も手軽に持ち運べる文庫になって。

「この気持ちもいつか手軽に持ち運べる文庫になって」も手軽に持ち運べる文庫になって、も手軽に持ち運べる文庫になって。

「この気持ちもいつか手軽に持ち運べる文庫になって」も手軽に持ち運べる文庫になって、も手軽に持ち運べる文庫になって、も手軽に持ち運べる文庫になって。

「この気持ちもいつか手軽に持ち運べる文庫になって」も手軽に持ち運べる文庫になって、も手軽に持ち運べる文庫になって、も手軽に持ち運べる文庫になっていつか見えなくなるだろう。

でも決して消えることのない、この気持ちもいつか手軽に持ち運べる文庫になって。

帯

読んでる時に邪魔になるし
どうせ外すなら最初から帯なんていらない派
いやいや付いてるからこそ外せるんだし
やっぱり帯がなくちゃダメだと思ってる　は？
売り上げのためにもなるべく旬の著名人に
50字から１００字以内でキャッチーなコメントを貰いましょう
そしてそんな黒い腹も隠せるように　立派な帯を巻きましょう

はじめに

歌として一つになった言葉とメロディーを
テーブルの上に置く
言葉の中心を左手で掴み　右手でメロディーの根本を押さえつける
左手の指先に込めた力で　メロディーから言葉を勢いよく引き剝がす
すると中に詰まっていた音が飛び散り
とてもうるさい
千切れた言葉にまだ微かにこびりついたメロディーが　ぬらぬらと光っている
さっと水洗いをしてそのぬめりを取り除き
ベランダに干して乾かす
メロディーの切断面はまだ　言葉を探しながらぐねぐねと動いている
翌日のよく晴れた朝
枯れた言葉を紙の上に並べて綴じれば
立派な歌詞集の出来上がり

＊書き下ろ詞「文庫」及び「★」以降の九曲の歌詞は文庫版オリジナル収録

私語と　目次

私語と

ねがいり

今日は何にもないただの日だ
君が作った飯を食って仕事に行く日だ

駅までの道を線路沿いを歩く歩く
遅れそうな時には走ったりもして

いつまでも忘れないでよね　そして欲しがらないでね
なくした物だけ探してあげるわ
布団の中のあんたが寝返りをうつ度に
大事な物はこぼれていったの

電車の中には忘れ物があって
電車の中には忘れ物があって
別れた事さえ忘れていました

まだできてもない歌を歌いたくなってしまうような
そんな気持ちでケーキを買って今から帰るよ

どうしても見えない所はお日様で照らしてね
雨の日は傘を持って迎えに来て
優しすぎるあんたがくだらない願いを叶える度に
大事な物はこぼれていったの

好きだったジュースも髪の毛の色も
笑った時の顔も泣いてる時の顔も

出会った事さえ忘れていました
布団の中のあんたが寝返りをうつ度に
大事な物はこぼれていったの

リン

誕生日おめでとう大好きだよ
空が焼けている
誕生日おめでとう大好きだよ
テーブルにはマッチが置いてある
誕生日おめでとう大好きだよ
電線が濡れている
誕生日おめでとう大好きだよ
電柱も泣いている

もうお別れだね　お別れだね
もうお別れだね　お別れだね

どこかで聴こえていた声が
いつの間にか聴こえなくなっていた
鳥が空を飛ぶ為の汚らしさとは
ホント良く言ったものですね

もうお別れだね　お別れだね
もうお別れだね　お別れだね

バイバイまたね

ロウソクの数間違えて笑った顔が綺麗だな
でもそのロウソク吹き消して笑った顔が綺麗だな
笑った顔が綺麗だな

バイバイまたね
クラッカーうまく鳴らせるかな
心配だな

イタイイタイ

起きたらあたし　声が出ない
閉めたり開けたり　たったそれだけが
あたしのすべてだったの
あたしのすべてだったのよ

どこに行った　どこに行ったんだ　あたしの喉

六本木で温もり探してたら
上野あたりで風邪をひいた
薬飲んだのに　ふらふらするし
もう訳わからないわ　わからないわ

どこに行った　どこに行ったんだ　あたしの喉
薬飲んだのに　ふらふらするし
もう訳わからないわ　わからないわ　わからない

夜が終わるまであなたと
一緒にいたいと思っていたのよ
夜が終わるまでは　夜が終わるまでには
あたし出掛けなきゃ　コンサートに行かなきゃ

answer

世界一周をかけて
いよいよ最後の問題です
いままでずっと言えずにいた気持ちは一体なんでしょう

残り時間3　2　1
残念でしたまた来週
最後にこれは質問です　また来週も会えるよね

君の答えはなんだ　内緒で聞かせて
君の答えはなんだ　耳元で教えて

間違った
また間違った
でもずっとこうしていられたらいいな
君じゃないと君じゃないと
君じゃないと意味はないのです

温泉旅行をかけて
それでは最初の問題です
アタシがこうしてあなたを思う気持ちはなんでしょう
その名前は愛……ですが
愛とは一体なんですか
心のずっと奥にある　箱の中身はなんですか

いつも答えはそうだ　曖昧で嫌だな

いつも答えはソーダ　口元で弾けた
間違った
また間違った
でもずっとこうしてもいられないから
君じゃないと君じゃないと
君じゃないと意味がないから

ポッカリ空いた穴埋め問題も
わざと出したイジワル問題も
君じゃないと君じゃないと
君じゃないと意味がないのに

ヒッカキキズ

こうして並んで歩いたら兄弟みたいで少し寂しかった
初めてあなたと繋いだ手の力は強くなった

何も心配ないから
忘れたりしないから
もっと優しく手を繋いでよ
もし今日の約束が嘘になったら爪を立ててよ

夕方くらいに帰るからいつもの料理と一緒に待ってて
もしこのまま僕が消えても悲しまないでね

何も心配ないから
忘れたりしないから
もっと優しく手を繋いでよ
もし今日の約束が嘘になったら爪を立ててよ
ねぇ

何も心配ない心配ない
もっと優しく手を繋いでよ
もし今日の約束が嘘になったら爪を立ててよ
爪を立ててよ

NE-TAXI

ねぇタクシー止まってよ　ねぇタクシー飛ばしてよ
このラジオの女の息継ぎなんかイヤらしいから消してよ
ねぇタクシー拾っては　ねぇタクシー捨てるなんて
あんたも結局あいつとなんにも変わらないんだね

フライデーナイトフライでハイやれるよ愛だって
持ってるよ　俺持ってるこれ　ゴムじゃない
フライデーナイトフライでハイやれるよまだまだ
もってるよ　俺もってるよ　結婚しよう

若くはないけどお金はあるから流行りの先端追ってよ

痛くもないから痒くもないから昔の男を追ってよ

ねぇタクシー　本当はねベランダに咲いた花の事を
ねぇタクシー　あいつにも教えてあげたかっただけなの
ねぇタクシー　本当はねベランダに咲いた花の事を
ねぇタクシー　あいつにも教えてあげたかっただけなの

誠実さの欠片甘いなもうやめられない止まらない
誠実さの欠片甘いなもうやめられない止まらない
虫歯になったら嫌だな　その信号左

誠実さの欠片甘いなもうやめられない止まらない
誠実さの欠片甘いなもうやめられない止まらない
虫歯になったら嫌だな　その信号左

ねぇタクシー

アンタの日記

カッコ良いなあの人ホントに
あたしの好きな人ランキング2位
1位はまだ見ぬ未来の王子様の為に
とっておこうかな　早く来ないかな

あぁムカつくあいつホントに
いつも偉そうで禿げてるから2位
1位はまだ見ぬ未来のオジ様の為に
とっておこうかな　一昨日来やがれ

あたしには何も無いけど毎日日記を書く
あたしには何も無いから毎日日記を書いてる

でも今日は書かないからどうしたのって聞いてね
いつも書いてるのに
今日は書かないからどうしたのって聞いてね

帰りの電車全部座れたしあの大雨もちゃんと止んだし
あいつの番号　2と9と3と2と4と8と3と7以外は
全部もう忘れたし

あたしには何も無いけど毎日日記を書く
あたしには何も無いから毎日日記を書いてる

でも今日は書かないからどうしたのって聞いてね
いつも書いてるのに
今日は書かないからどうしたのって聞いてね

イノチミジカシコイセヨオトメ

なんぼ汚れたアタシでも子供の頃は可愛かってね
休みの日には母さんと可愛いべべ着てお買い物

毎日は凄い早さで気付いた時は消えてしまうけど
長生きする気も無いから
イノチミジカシコイセヨオトメ

明日には変われるやろか
明日には笑えるやろか
札束三枚数えては　独りでつぶやく
スキキライスキ

ピンサロ嬢になりました
ピンサロ嬢になりました

生まれ変わったら何になろうかな
コピーにお茶汲みＯＬさん

明日には変われるやろか
明日には笑えるやろか
花びら三枚数えたら　いつかは言えるか
スキキライスキ

明日には
明日には

40

花びら三枚数えたら　あんたに言えるか
スキキライスキ

イエスタデイワンスモア

日曜晴れた日お前とテレビを見てる
毒舌を売りにしたタレントが
クイズの答えをわざと間違える
このおばさんも昔は綺麗だったよ
いじらしく笑った顔が少しだけど
ばぁちゃんに似ていて好きだったんだ

毎日書いていた日記と秘密の職業と
夢を叶えたと言えば嘘になるかな　なるかな
お前はどうかな

一応晴れたらあの場所へ連れていってくれよ
新しい車にも乗ってみたかったし
ＴＡＸＩの運転手は昔から苦手だ

繋いだ掌は蜂蜜のにおいがする
似たような嘘をついてくれたあの人は
今でも元気に暮らしてるかな

いつかのＣＤといつでも一緒だったギターと
夢を叶えたと言えば嘘になるかな　なるかな
お前はどう思う

君の部屋

きっと死んだら地獄だろうなでも天国なんか無いしな
君の部屋のカーテンの柄をなんか思い出したんだ
何もできず帰りを待ってた情けない毎日を
くだらない毎日を

そんなこんなで時は流れてなんだかんだで僕は元気です
君が飼ってたあのブサイクな犬は今でも元気ですか
ずっとなつかなかったな本当の事は見透かされてたんだ

誰にも言えない秘密のインターフォンを
ヘラヘラしながらピンポンダッシュしました

写真に撮った瞬間に何故か凄くショボくなるのは
生身のアタシを愛してっていう事でしょう

僕の喜びの八割以上は僕の悲しみの八割以上は
僕の苦しみの八割以上はやっぱりあなたでできていました

誰にも言えない秘密のインターフォンを
ヘラヘラしながらピンポンダッシュしたのよ

写真に撮った瞬間に何故か凄くショボくなるのは
生身のアタシを愛してっていう事でしょう

バイト先では虫ケラみたいで君の前では飼い犬みたいだ

もう俺にはこれしかないなと意気込んで歌うけど
君が稼いできたお金でノルマを払って今から帰るね
好きな映画も好きな小説も好きな漫画も好きな音楽も
全部君の部屋全部君の部屋にあったんだ
僕はバカだな

本当の事は見透かされてたんだ

猫の手

馬鹿な男達に嘘のメールをするのが今のアタシの仕事です
猫の手を借りるように昔あなたに送ったメールを借りたいくらいです

好きだったあのバンドも段々とダサくなって
初期の頃は良かったなとか
音楽評論家気取りの馬鹿ですアタシは

傍に居れたらそれだけで良かったのに
分かってはいたけれどそうはいかなくなった

馬鹿な男達だって段々と歳を取っていつかはこの嘘もバレる

猫の手を握るように昔握ったあなたのその手を握りたいのです

好きだったあのバンドだって段々と歳を取って
いつかはこの歌も終わる
やっぱ音楽評論家気取りの馬鹿ですアタシは

傍に居たいなそれだけで良いのにな
分かっては居たけれどそうはいかなくなって

嬉しいとか楽しいとか忘れたよ
君がそこに居なけりゃ意味は無いの
ねぇ君は今何してる
僕は一駅乗り過ごして今から帰る所
君はまだ覚えてる

僕はこのまま寝過ごして
何処かへ行くところ

左耳

ダサいTシャツ着て寝息を立ててた
規則正しいリズムに安心してた

君が居なくなったらアタシはどうなるかな
君が居なくなったら寂しいな悲しいな

左耳知らなかった穴　覗いたら昔の女が居た
アタシは急いでピアスを刺す
それで起きて　寝呆けた顔して
これくれるのなんて聞いてくる
別にそれもう要らないし

「ずっと傍に居たい」「あなたが好きよ」
言葉は遠回りして　迷子になってバイト遅刻

君が居なくなったらアタシはどうなるかな
君が居なくなったらアタシはどうなるかな

左耳知らなかった穴　覗いたら昔の女が居た
アタシは急いでピアスを刺す
それで起きて　寝呆けた顔して
これくれるのなんて聞いてくる
別にそれもう要らないし

コンビニララバイ

そんなに暇じゃないしそんなに器用じゃない
だからどうでもいい事はシールで良いですか
エコですかそれともこれはエゴですか

君が第三水曜日に買いにくるアレは
誰にも気付かれないようにそっと紙袋に
入れてやるよ入れてやるよ

いつもちょっとズレていって最後には合わなくなって
もうどうしようもなくて僕は途方に暮れてました
どうでもいい事ばっかだどうでもいい奴ばっかだ

立ち読みして帰ろう

「いつでもすぐ傍にある灯り、安心していたんだな」
どこにでもあるありきたりな店のキャッチコピーが
なんかピッタリなそんな夜がある

彼女との関係はトイレだけ借りて何も買わないで帰るような感じでした
これ以上先が聞きたいのなら年齢確認が必要です

いつもちょっとズレていって最後には合わなくなって
もうどうしようもなくて僕は途方に暮れてましたよ
もう嫌だもう嫌だもう嫌だもう嫌になった
閉店です　閉店です

「いつでもすぐ傍にある灯り、安心していたんだな」
僕がギュッてしたら熱くなる
君は電子レンジより電子レンジだな
君は電子レンジより電子レンジだな

SHE IS FINE

君はいつも不謹慎でどんな時でもヤリたがるから
僕はちょっと困ってるよ　でも嫌いじゃないけどね
君はいつもイヤらしくてどんな事でも知りたがるから
僕はいつも参ってるよ　でも嫌いじゃないけどね

抱き締めてからキスをして服を脱がせるまでの時間×
謝って〜鍵閉めた後悔の高さ÷2

愛ではないのに恋でもないのに
そうでもないのに　そうでもないのに
愛ではないのに恋でもないのに

そうでもないのに　そうでもないのに

君はホント不謹慎でどんな時でもヤリたがるから
僕はちょっと困ってるよ　でもでも好き
君はホントイヤらしくてあんなトコにも入れたがるから
僕はいつも参ってるよ　でもでも好き

抱き締めてからキスをして服を脱がせるまでの時間×
謝って〜鍵閉めた後悔の高さ÷2

愛ではないのに恋でもないのに
そうでもないのに　そうでもないのに
愛ではないのに恋でもないのに
そうでもないのに　そうでもない

君のその愛がいつか届きますように

その恋がいつか叶いますように

風にふかれて

好きな人に嫌われた　大事なもの盗まれた
何もいいことないから　死にたくなった

ずっと信じていたのに　ずっと大事にしていたのに
屋上28階　手摺りの向こうがわ　風

ねぇ　君のその前髪がゆれてる
ねぇ　君のその前髪は揺れてるよ

いつもちょっと届かなくて　いつもちょっと間に合わなくて
何もいいことないから　死にたくなった

風邪を引いていてちょっとだけよろけた
風が吹いたのは君のためなんだよ

ねぇ　君のその前髪がゆれてる
ねぇ　君のその前髪は
ゆれる　ゆれる　ゆれる　揺れるよ

君はまだ　生きる　生きる　生きる　生きるよ

欠伸

もの凄い大きいヤツに当たったら
欠伸をしてるって思ってる
だってアンタからしたらきっとそうだよね
欠伸してるようにしか見えないから

いつまでもこんな所に
居ちゃいけないのは分かってるんだけど
いつまでもこんな所に
居ちゃいけないのは分かってたんだけどな

さよなら　ばいばい　じゃあね　またね

結局ここには何もないけれど
ばいばい　じゃあね　またね
良かったらまた遊びに来てね

結局どんな奴に当たっても
欠伸をしてるって思ってる
だってなんの感情もなくてつまんないから
欠伸してるようにしか思えないから

いつまでもこんな所に
居ちゃいけないのは分かってるんだけど
生まれ変わったらこんな女に
なっちゃいけないのは分かってるんだけどな

さよなら　ばいばい　じゃあね　またね
結局ここには何もないけれど
ばいばい　じゃあね　またね
良かったらまた遊びに来てね

ばいばいじゃあねまたね
結局ここには何もないけれど
ばいばいじゃあねまたね
良かったら股ここに遊びに来てね

愛は

ぐちゃぐちゃのコードもそのままでいい
再生ボタンとその他の機能
そして昨日までと今日から　あなたに捧げます
『いつでもどこでも傍にいるから、
肌身離さずに持ち歩いてね』
やっと言えたのに聴いてて聞いてない

繋がった　繋がった　繋がったのに絡まった
塞がった両耳の穴で
繋がった　繋がった　繋がったのに絡まった
電池　電池　電池　電池　電池切れたら

終わりです
ナンカイモリピートスル……アナタガワカラナクナル……
繋がった　繋がった　繋がったのに絡まった
塞がった両耳の穴で
繋がった　繋がった　繋がったのに絡まった
電池　電池　電池　電池　電池　電池　電池　電池
電池切れです

グルグル

ずっと頭の中をグルグル回ってるあの娘とアノ事
もっとちゃんと知りたくて検索画面に打ち込んだ
マウスの先を指でグルグル回してあの娘のアノ事
知らない方が良い事も知ってしまって落ち込んだ

感情も無い機械のくせに　お前に何が分かるんだよ
感情も無い機械のくせに　なんでお前に分かるんだよ

私は何でも知ってます
クリックで全て教えます

もしかして貴方が知りたいのは貴方自身では

感情も無い機械のくせに　お前に何が分かるんだよ
感情も無い機械のくせに　なんでお前に分かるんだよ

壮大な宇宙の仕組みも
大好きなシチューの仕込みも
なかなか素直になれずにお気に入りは増える

貴方は何でも知ってます
クリックで全てが消えます
もしかして貴方が知らないのは貴方自身では

ウワノソラ

いっそこのまま消えてしまえよ
なにも残さなくても良い
やる気ないなら止めてくれ息してるだけで煩いし

嘘つきだ　嘘つきだ　嘘つきだ　お前嘘つきだ
嘘つきだ　嘘つきだ　嘘つきだ　お前嘘つきだ

大好きと大嫌い
の間でのたうち回ってる
大好きと大嫌い

の間でのたうち回ってるだけ
馬鹿みたいだな
っていうか馬鹿だな
だからこのまま消えてしまうよ？
なにも残さなくても良い？
やる気ないなら辞めてくれ息してるだけで煩いし
嘘つきだ　嘘つきだ　嘘つきだ　俺も嘘つきだ
嘘つきだ　嘘つきだ　嘘つきだ　俺も嘘好きだ

大好きと大嫌い
の間でのたうち回ってる
大好きと大嫌い
の間でのたうち回ってる

大好きです

大嫌いです

愛の標識

死ぬまで一生愛されてると思ってたよ
信じていたのに嘘だったんだ
その角左　その後の角右
真っ直ぐ行っても愛は行き止まり

家の犬まで一緒に愛されてると思ってたよ
撫でてくれたのは嘘だったんだ
しばらく考えて　しばらくして泣いて
しばらくして泣き止んだ　僕は鼻詰まり

一段低い所に置き換えたシャワーが

たまらなくこの上なく愛しかったよ
簡単に水に流せない思い出

一瞬我に返る　君が居ない部屋に一人だった
今週君は帰る　生まれ育った町へと

死ぬまで一生愛されてると思ってたよ
信じていたのに嘘だったんだ
そこの角左　その後の角右
真っ直ぐ行っても愛は行き止まり

君の故郷を代表するあの銘菓は
たまらなくこの上なく甘かったな
簡単には飲み込めない現実

一瞬我に返る　君が居ない部屋に一人だった
今週君は帰る　生まれ育った町へと
一瞬我に返るけど　君と居たあの部屋は二人だったし
今週君は帰る　生まれ育ったあの町へと

元気でね

手と手

本当の事を言えば毎日は
君が居ないという事の繰り返しで
もっと本当の事を言えば毎日は
君が居るという事　以外の全て

大切な物を無くしたよ
今になって気づいたのが遅かった
大切な物を無くしたよ
今になって気づいたのが遅かった
なんてよくある話で笑っちゃうよな

繋いでたいから手と手握って
指と指の間絡ませたなら
もう要らない　もう要らないよ
君の他にはなんにも要らないよ

夜中の三時が朝になった時
君はきっと仕事を休むだろう
もう要らない　もう要らないよ
君の他にはなんにも要らないよ
そんな事言えないけど

本当の事を言えば毎日は
君が居ないという事の繰り返しで
もっと本当の事を言えば毎日は

君が居るという事　以外の全て

大切な物を無くしたよ
今になって気づいたのが遅かった
大切な物を無くしました
大切な物を無くしましたって
気づいたのが遅かった
なんてよくある話で笑っちゃうよな

繋いでたいから手と手握って
指と指の間絡ませたなら
もう要らない　もう要らないよ
君の他にはなんにも要らないよ

夜中の三時が朝になった時
君はきっと仕事を休むだろう
もう要らない　もう要らないよ
君の他にはなんにも

バイト　バイト　バイト

深夜のコンビニの店員が缶ビールを買う客に舌打ち
いつも使ってるスタジオのお気に入りの部屋が取れなかったし
彼女が妊娠しているかもしれないらしい
全くホントにムカつくぜ
もうビールなんか飲んでる場合じゃないっすね

深夜のコンビニの店員が缶ビールを買う客に耳打ち
バンドのメンバーとは随分まともに口も利いていません
ベーシストは就職活動を始めて
「俺あいつと結婚するかも」
久しぶりの会話はそれでした

深夜に働いているのはライブハウスにノルマを払う為
一年前に出たはずの実家には週に一度は帰ってるらしい

笑っちゃうねそれ

ねぇ君はどう　ねぇ君はどう
ねぇ君はどう　素晴らしき日々を
ねぇ君はどう　ねぇ君はどう
ねぇ君はどう　素晴らしき日々を

君はどうだ　君はどうだ　君はどうだ　君はどうだよ
君はどうだ　君はどうだ　君はどうだ
僕はバイトしてます

深夜のコンビニの店員が缶ビールを買う客に空打ち
いつも御利用頂きまして誠に有り難う御座います
彼女は妊娠なんかしてなかったらしい
ただあなたの愛を確かめたかったの
だってさ

今夜も働いているのはライブハウスにノルマを払う為
三年前に別れたあの女とは月に一度会ってるらしい
やってるらしいぜ

ねぇ君はどう　ねぇ君はどう
ねぇ君はどう　素晴らしき日々を
ねぇ君はどう　ねぇ君はどう

ねぇ君はどう　素晴らしき日々を
君はどうだ　君はどうだ　君はどうだ　君はどうだよ
君はどうだ　君はどうだ　君はどうだよ
僕はバイトしてます
バイトしてます

ミルクリスピー

ねぇミルクチョコレート
君はいつも側に居ていつのまにか消えて行くんだ
でもミルクチョコレート
君が側に居てくれるなら僕は虫歯になっても構わない
ねぇミルクチョコレート
クリスピーが笑いかけるとろけるような笑顔でさ
でもミルクチョコレート
君の事が大好きだよ　大好きだ

黒い渦　奥歯が痛い　黒い渦　胸が痛い

ずっとずっと一緒に居ようね　ねぇ　君は
あったかくって全部溶けてった　ねぇ　君はチョコレート

おいアーモンドチョコレート
子供の頃お前の事大嫌いだったけど
大人になって思い切って噛み締めたら
確かに何かが弾けたんだ

黒い渦　奥歯が痛い　黒い渦　胸が痛い
ずっとずっと一緒に居ようね　ねぇ　君は
あったかくって全部溶けてった　ねぇ　君は
あったかくって全部溶けてった

あったかくって全部溶けてった
溶けてった
ねぇミルクチョコレート
君の事が大好きだよ　大好きだよ

身も蓋もない水槽

緊急停止信号から約二時間
車内には張り詰めた空気が漂ってる
隣のヤクザ風の男がガムを噛む不快な音で
午前零時をお知らせ致します

そんななか中吊り広告に目をやると
でかでかとセックス特集なんて書いてある
女子の本音がなんとかだってどうだって良いんだけど
anan ってそういう意味の anan なのかな

あぁ　もう忘れたはずなのにふとした事で溢れ出して

今更になって思い出した
今更になって思い出した

あぁ　もう忘れたはずなのに落とした過去が溢れ出して
今更になって思い出した
今更になって思い出したんだよ

バイト先のクソが　バイト先のクソが
バイト先のクソが　バイト先のクソが
ある　バイト先のクソが
バイト先のクソが　バイト先のクソが
クソが　クソが　クソが　クソが

知らない奴が何か言ってる

知らない奴が何故か知ってる
知らない奴が何か言ってる
知らない奴が何故か知ってる

アレに似てるとか誰に似てるとか
なんでも何にでも当てはめたがる
パズルゲームが大好きな馬鹿が
家では一人で飼ってる
熱帯魚（ハムスターでも可）に向かって
どうしても最後のピースがはまらないんだ
とか言ってるんだろうね
ばーか　ばーか

ABCDC

眠れない夜の事　Aメロにもならない人生ぶらさげて
瞼の中ではね　あの頃の君が笑ってる
帰れない夜の事　昼ドラにもならない恋愛ぶらさげて
瘡蓋の中にはね　あの頃の傷が眠ってる

何も思いつかないからいい加減な事言って
とりあえずこれはBメロにして
その先へ進む

頭の中引っ掻き回して　やっと見つけた言葉は
サビにしてはちょっと地味で歌えなかった

引き出しの中引っ掻き回して　やっと見つけた言葉は
手紙にしてはちょっと地味で
何気ない二人のその距離が愛しい

音階並べてわかってるような顔して
それをメロディーとか呼んじゃって
退屈並べてわかってるような顔して
日常を切り取ったとか思っちゃって

指三本分くらいの労働して　サビ三回分くらいの感動を
買いに行く

頭の中引っ掻き回して　やっと見つけた言葉は
サビにしてはちょっと地味で歌えなかった

引き出しの中引っ掻き回して　やっと見つけた言葉は
手紙にしてはちょっと地味で
何気ない貴方のその文字が愛しかったんだ
その距離が愛しい

蜂蜜と風呂場

蜂蜜みたいな味がするなんて
嘘ついて嘘ついてくれた

こうしてバカみたいに歯医者で
口開けてると君の気持ちがわかる
こうしてカバみたいに歯医者で
口開けてると君の気持ちがわかるよ

蜂蜜みたいな味がするなんて
嘘ついて嘘ついて
嘘ついてくれてありがとうね

蜂蜜みたいな味がするなんて
嘘ついて嘘ついてくれた

蒼く燃える惑星の恋人
左手の薬指と未来の話
月額定額制の僕の恋人
もう時間無いから口でよろしくね

蜂蜜みたいな味がするなんて
嘘ついて嘘ついて
嘘ついてあげたんだからね
蜂蜜みたいな味がするなんて
嘘ついて嘘ついてあげた

蜂蜜みたいな味がするなんて
嘘ついて嘘ついて
嘘ついてくれてありがとうね
蜂蜜みたいな味がするなんて
嘘ついて嘘ついてくれた
嘘ついて　嘘ついてくれた

明日はどっちだ

全くもう……馬鹿だなお前　全く耗　疲れました
全くモー　牛の方が　わかってくれてるよ
全くはぁ？　馬鹿だなお前　全く破　壊れました
全く羽　鳥の方が　自由にやってるよ

信じてる訳ではないけど　疑う価値もないから
最低限の何かをちょっと見せてみろよ

言いたい放題言われて言い返す言葉も無いけれど
イライラするよりキラキラしてたいから

感情の行き着く先は満員電車に揺られて
がんばれアタシ　明日はどっちだ

全くさぁ　馬鹿だなお前　全く差　離れました
全くＴＨＥ　使えねぇだ　帰って寝てろよ

飼いならされてる訳じゃないけど噛み付く程の勇気もない
ヘラヘラするよりギラギラしてたいかな
感情の行き着く先は駅の改札に吸い込まれて
頑張れアタシ　明日はどっちだ

言いたい放題言われて言い返す言葉も無いけれど
イライラするよりキラキラしてたいから
感情の行き着く先は満員電車に揺られて

がんばれアタシ　明日は良い日だ

さっきの話

それとね　さっきの話忘れてね　恥ずかしいから
誰にも言わないでねって言って誰かに言わないでね

今はね　それなりにね　幸せに暮らしてるの
時々思い出してれば忘れないよね

大丈夫だよ　君は君で良いから
大丈夫だよ　君は君で良いから

今日はなんだか余計な事ばかり話し過ぎてしまうわ
どうでも良い事探してみるけど

どれもこれも全部が　大事な物ばかりで困ってしまうわ

大丈夫だよ　君は君が良いから
大丈夫だよ　君は君が良いから

今日はなんだか余計な事ばかり話し過ぎてしまうわ
どうでも良い事探してみるけど
どれもこれも全部が　大事な物ばかりで困るわ

あなたの髪が　あなたの指が
あなたのアレが　あなたの声が
あなたの歌が　あなたの全てが
大事な物ばかりで困ってしまうわ

ラブホテル

夏のせい　夏のせい　夏のせいにすればいいからさ
冷たいくらいがちょうどいい

私は君とは違うからね
『もしもし、あっ今大丈夫？』
とかの一般常識が命取りになるの

私は君とは違うからね
『最後まで読んでくれてありがとう。』
とか文末に書く煩わしさが大事なの

会ったら飲んでデキそうな軽い女に見られて
吹いたら飛んで行きそうな軽い男に言われた

何もしないから少し休もうか

夏のせい　夏のせい　夏のせいにしたらいい
それでも駄目なら君のせいにしてもいい
これから季節が冬になってしまったら
誰が温めてくれるんだよ

『えっ、そんなつもりじゃなかったんだけどとか
今更言われても困るよ。』
とか今更言われても困るよ

出会ったあの日は　１０３です
それからの毎日は　３０７です
別れたあの日は　４０３です

一回くらい減るもんでもないし

夏のせい　夏のせい　夏のせいにしたらいい
それでも駄目なら君のせいにしてもいい
これから季節が冬になってしまったら
誰が温めてくれるんだよ

今でも
忘れられないよ

あ

あ、無害な言葉を並べて
あ、これくらい意味の無い言葉なら
恥ずかしくなったりしないしな
あ、信じるのはダサいから
あ、裏切られるのが死ぬほど怖いから
もう意味なんて要らねぇよ

あっ、そういえば思い出した
どうしてもこれだけは伝えたいって事があって
あっ、でももう諦めたから別に気にしないでね
ってこれまるで探さないでって書いた手紙じゃん

あー、口パクでトキメク馬鹿に
あぁ、溜息で吹き消す灯り
大事なのはメッセージよりパッケージで
もう全部嫌になった

あー、煌きを諦めた夜を
あぁ、口パクで吹き消す辺り
さすがですね　クソですね　そうですね

あーあ

あっ、そう言えば思い出した
実はこの話には面白い続きがあって

あっ、でももう諦めたから別に気にしないでね
ってそれまるで上下巻ある本の上だけだ

あー、口パクでトキメク馬鹿に
あぁ、溜息で吹き消す灯り
大事なのはメッセージよりパッケージで
もう全部嫌になった

あー、煌きを諦めた夜を
あぁ、溜息で吹き消す辺り
さすがですね　クソですね　そうですね

あーーーーーーあ

おやすみ泣き声、さよなら歌姫

さよなら歌姫　最後の曲だね　君の歌が本当に好きだ
今夜も歌姫　凄く綺麗だね　君の事が本当に好きだ

さよなら歌姫　アンコールはどうする
君の事だからきっと無いね
それなら歌姫　アルコールはどうする
僕は全然飲めないけど

歌声　歌声　でも君は泣いていたんだね
泣き声　泣き声　僕は気づけなかった

僕もずいぶん年をとったよ　こんな事で感傷的になってさ
今なら歌姫やり直せるかな　君はいつも勝手だ

歌声　歌声　でも君は泣いていたんだね
泣き声　泣き声　僕は気づけなかった

最後の四小節　君の口が動く
最後の四小節　君が歌う
最後の四小節　君の気持ちが動く
さよなら

歌声　歌声　でも君は泣いていたんだね
無き声　無き声　僕は気づけなかった

マルコ

我々はこの星を支配した
大人しく無駄な抵抗はもうやめなよ
遠い星のあの故郷　ベテルギウスとか　たぶんその辺

我々はって一人だからさ
これからもずっとここに居させてよ
信じてたのに　好きの裏の嫌いだとか　たぶんその辺

どんなに一緒に居ても伝わらない言葉歯痒くて
手招きも無視された
どんなに一緒に居ても伝わらない言葉歯痒くて

あてずっぽうで吠えてみた
時々思い出す

段ボールの宇宙船に乗って我が家にやって来た君を
抱きしめたのさ
壊れた宇宙船が直るまでのつもりが長居して
段ボールの宇宙船に乗って我が家にやって来た君を
抱きしめたのさ
いつのまにか大きくなって宇宙船は君のオモチャになった

だけどまた
どんなに一緒に居ても伝わらない言葉歯痒くて
手招きも無視された
どんなに一緒に居ても伝わらない言葉歯痒くて

あてずっぽうで吠えてみた
今でも覚えてる

段ボールの宇宙船に乗って我が家にやって来た君を
抱きしめたのさ
壊れた宇宙船が直るまでのつもりが長居して
段ボールの宇宙船に乗って我が家にやって来た君を
抱きしめたのさ
いつのまにか大きくなって宇宙船は君のオモチャになった

社会の窓

感情の波を掻き分けて愛憎の海を泳いでる
凄く大好きだったのにあのバンドのメジャーデビューシングルが
オリコン初登場7位その瞬間にあのバンドは終わった
だってあたしのこの気持ちは絶対
シングルカットできないし
誰にでもできる昼の仕事と誰にも言えない夜の事
どこにも行かない悲しみとどこにも行けないあたしの事は
アルバムの7曲目ぐらいで歌われるぐらいがちょうど良い
だからあたしのこの気持ちは絶対
シングルカットさせないし

愛してる　今を愛してる　今を愛してる　今を愛してる
愛してる　今を愛してる　今を愛しているのよベイビー

年上の彼氏が欲しかった年下の女でいたかった
そんなのわかっていたけれどやっぱりちょっと痛かった
オリコン7位は運が良かった離婚しないのは運が悪かった
そんなの今更絶対に
カミングアウトできないし
曲も演奏も凄く良いのになんかあの声が受け付けない
もっと普通の声で歌えばいいのに
もっと普通の恋を歌えばいいのに
でもどうしてもあんな声しか出せないからあんな声で歌ってるんなら
可哀想だからもう少し我慢して聴いてあげようかなって
余計なお世話だよ

愛してる　今も愛してる　今も愛してる　今も愛してる
愛してる　今も愛してる　今も愛しているのよ

社会の窓の中で事務　昼は退屈過ぎて最低です
社会の窓の中でイク　夜は窮屈過ぎて
社会の窓の中で事務　昼は退屈過ぎて最低です
社会の窓の中でイク　夜は窮屈過ぎて

最高です

愛してる　今を愛してる　今を愛してる　今を愛してる
愛してる　今を愛してる　今を愛しているのよベイビー

愛してる

傷つける

後悔の日々があんたにもあったんだろ
愛しのブスがあんたにも居たんだろ
愛なんてずっとさ　ボールペンくらいに思ってたよ
家に忘れてきたんだ　ちょっと貸してくれよ

インク出なくて　愛は掠れちゃって
結局何も見えないな
インク出過ぎて　愛が滲んじゃって
結局何も読めないな　だから

口頭で言ってみて　冒頭でつまずいた

適当にごまかして　相当な馬鹿だな
繋いでも無駄だよ　なんとなく振り払う
あの手は熱いから　なんかいつも恥ずかしくなる

インク出なくて　愛は掠れちゃって
結局何も見えないな
インク出過ぎて　愛が滲んじゃって
結局何も伝えられないな

便箋に残ったインクの無い文字の跡
指先でなぞって思い出す愛の傷
便箋を破ったインクの濃い文字の穴
指先で拡げて覗き込む愛の中

空っぽの愛の馬鹿
後悔の日々があんたにもあったんだろ

ハロー

おはようもおやすみもただいまもおかえりも
そこにある君との暮らし
僕の手を握ってる小さな手はこれからも
僕のこの手を握ってる？

時々思うんだ
この世界が夜に飲みこまれてしまう事とか
ドキドキ想うんだ
とか韻踏んでる間に君が生まれた季節は『夏に』
思い出すよ　君の声を初めて聞いたあの日を

そんな夜を超えて『こんにちは』って抱き合う
ありがとうもごめんねもいただきますもごちそうさまも
そこにある君との暮らし
君の手を握ってるこの手はこれからも
君のその手を握ってる

時々思うんだ
いや本当の事を言えばいつも思ってるんだけど
ドキドキ想うんだ
とか韻踏んでる間に僕が生まれた季節は『冬に』
これからどんな事が君を待っているんだろうね
いつでも君が決めた事をただ信じられますように

思い出すよ　君の声を初めて聞いたあの日を
どんな夜も超えて『こんにちは』って抱き合う
おはようもおやすみもただいまもおかえりも
そこにある君との暮らし
あっそういえば忘れてたポケットの奥から
少しくしゃくしゃの『君が好き』

東京日和

朝と夜の間を見つけたよって君が言ったから
僕は急いで出かけたけど着いたらもう夕方だった
青い空見るの久しぶりだな
行きのバスで酔わないか心配だな

大好きだよ　大好きだよ
大好きだよ　大好きだよ
今でも　今でも

僕もなんとなくで花を買う歳になった
蒼井そら観るの久しぶりだな

大好きだよ　大好きだよ
大好きだよ　大好きだよ
大好きだよ
いつでも　いつでも

喋る

もしも言葉に詰まったら
焦らずに少し落ちついて
つまらない話でもして

もしも口が滑ったら
焦らずに少し落ちついて
すべらない話でもして

いつでもいつでも考えてるからね
次に会う約束をしよう
それだけで嬉しい

何も言わなくていいから
返事も別に要らないし
そこに居てくれるだけでいいのに
でも
言葉遊びしてばっかりで
すぐにどっかにいっちゃって
ここに居てくれるだけでいいのに
でも
ひとりごとだから気にしないでね

もしも言葉が無かったら
焦らずに少し落ちついて
ありえない話でもして

いつか必ず上がるから
焦らずに少し落ちついて
くだらない話でもして

今でも今でも覚えてるからね
初めて会った時の話をしよう
それだけで嬉しい

何も言わなくていいから
返事も別に要らないし
そこに居てくれるだけでいいのに
でも
言葉遊びしてばっかりで

すぐにどっかにいっちゃって
ここに居てくれるだけでいいのに
でも

何も言わなくていいから
何も言わなくていいから
何も言わなくていいから

居てくれるだけでいいのに
居てくれるだけでいいのに
居てくれるだけでいいのに
でも

ひとりごとだから気にしないでね

2LDK

これから　これから　いまから　さよなら
君はリビングで見たくもないテレビを見てる
まるでリビングデッド虚ろな目をして待ってる
僕の為に料理をする君の為のキッチンに
一番近いダイニングに帰らなくなった
無理やり嘘にしないで答えてね
今何考えてる？
あれからの事も　これからの事も

未だに考えてる?

それなら　それなら　それでは　さよなら
鍵はポストにいれといてね

一秒毎に変わっていくあたしを許して
時計の音は正確にリビングに響く

君の為に料理をする二人のキッチンに
何となくあのタイミングで帰れなくなった

ギリギリ嘘にしないで答えるね
未だに考えてる
あれからの事も　これからの事も

今何考えてるの？

それなら　それなら　それでは　さよなら

鍵はポストにいれといたよ

これから　これから　いまから　さよなら

ボーイズENDガールズ

拝啓、君に伝えなくちゃいけない言葉を書き留めてく
拝啓、君に伝えなくちゃいけない言葉を書き留めてく

いつでもあなたのそばに居たいとか
同じキーホルダーをぶら下げて
離れていても心は近くだって思ってたいの
おんなじ空を見ていたい今日もおんなじ空を見上げたい
あなたとあなたと

シャンプーの匂いが消えないうちに早く会いに

風が吹いても大丈夫だよ
シャンプーの匂いが消えないうちに早く会いに
風が吹いても消えやしないよ

拝啓、君に伝えなくちゃいけない言葉を書き留めてく
拝啓、君に伝えなくちゃいけない言葉を書き留めてく

いつでもあなたのそばに居たい
同じキーホルダーをぶら下げて
離れていても心は近くだって思ってたいの
おんなじ空を見ていたい今日もおんなじ空を見上げたい
あなたとあなたとあなたとあなたとあなたと

シャンプーの匂いが消えないうちに早く会いに
風が吹いても大丈夫だよ
シャンプーの匂いが消えないうちに早く会いに
風が吹いても消えやしないよ

朝も昼も夜も二人で　朝も昼も夜も二人で
あなたとあなたとあなたとあなたと
朝も昼も夜も二人で　朝も昼も夜も二人で
あなたとあなたとあなたとあなたと

あなたと

大丈夫

大丈夫、あたし今日は暇だから
あんたの側に居てあげるから
大丈夫、あたしに電話くれたら
もっと大事な物あげるから

大丈夫、誰にも言わないから
こんな事言ってもつまらないから
大丈夫、あたしには話してよ
今日は離さないでいてあげるから

大丈夫、どんなに情けなくても

あんた歌ってる時は格好良いから
大丈夫、だれかに騙されても
あたしずっとずっとずっと信じててあげるから

あー、辛くてたまらないなら
酒飲んで酔っ払ってそのまま朝になるまで
寝てれば良いよ　もう大丈夫だから

大丈夫、あたし今日は暇だから
本当はそんなに暇じゃないけど
大丈夫、一つになれないなら
せめて二つだけでいよう

大丈夫、どんなに悲しくても

あんた泣いてる顔も可愛いから
大丈夫、誰かに怒られても
あたしちゃんとちゃんとちゃんと謝ってあげるから

あー、痛くてたまらないなら
薬飲んで横になってそのまま朝になるまで
寝てれば良いよ　もう大丈夫だから

あー、怖くて眠れないなら
酒飲んで酔っ払ってそのまま朝になるまで
起きてれば良いよ

もう大丈夫だから

百八円の恋

もうすぐこの映画も終わる
こんなあたしの事は忘れてね
これから始まる毎日は映画になんかならなくても
普通の毎日で良いから

痛い痛い痛い痛い痛い痛い痛い痛い痛い痛い
痛い痛い痛い痛い痛い痛い痛い痛い痛い痛い
でも
居たい居たい居たい居たい居たい居たい居たい居たい居たい居たい
居たい居たい居たい居たい居たい居たい居たい居たい居たい居たい

もう見ての通り立ってるだけでやっとで
思い通りにならない事ばかりで
ぼやけた視界に微かに見えるのは
取って付けたみたいなやっと見つけた居場所

終わったのは始まったから
負けたのは戦ってたから
別れたのは出会えたから
ってわかってるけど
涙なんて邪魔になるだけで
大事な物が見えなくなるから
要らないのに出てくるから
余計に悲しくなる

痛い痛い痛い痛い痛い痛い痛い痛い
痛い痛い痛い痛い痛い痛い痛い
居たい居たい居たい居たい居たい居たい
居たい居たい居たい居たい居たい

誰かを好きになる事にも
消費税がかかっていて
百円の恋に八円の愛
ってわかってるけど
涙なんて邪魔になるだけで
大事な物が見えなくなるから
要らないのに出てくるから
余計に悔しくなる

ねぇどうして　うまくできないんだろう
ねぇどうして　うまくできないんだろう

居たい居たい居たい居たい居たい居たい
居たい居たい居たい居たい居たい居たい
居たい居たい居たい居たい居たい居たい
居たい居たい居たい居たい居たい居たい
居たい居たい居たい居たい居たい居たい
居たい居たい居たい居たい居たい居たい
居たい居たい居たい居たい居たい居たい居たい

本当

少し寄ったから少し酔ったけど
帰り道急いで真っ直ぐ歩く

一言で言えば「一言で言えない」
捻くれた気持ちで真っ直ぐ歩く

あと少しで着くからね

ただいま　まってた　たわいもない　いつものしりとり
ずっと探してた物はずっと前に見つけたんだな

じゃあねまた明日おやすみで終わるやりとり
明日も当たり前が続いていきますように
願ってます

正直に言えば「正直に言えない」
捻くれた気持ちでずっと待ってる

これからもずっと

このまま　まさかね　眠れない　いつものしりとり

ずっと手にしてた物はずっと前に無くしたのかな
じゃあねまた明日おやすみで終わるやりとり
明日は当たり前が帰って来てくれますように

邪魔になって捨てた後で必要になる傘みたい
悪いのは全部自分で本当に馬鹿みたい

ただいま　まってた　たわいもない　いつものしりとり

ずっと探してた物はずっと前に見つけたんだな
じゃあねまた明日おやすみで終わるやりとり
明日も当たり前が続いていきますように
願ってます

願ってます

寝癖

君が嘘をつく次の日は決まって変な寝癖が
無造作なんて都合の良い言葉では誤魔化せないくらい凄いのが

あたしはいつでもそれに気付いてない振りをして
癖っ毛で情けない言う事聞かない自分の気持ちを誤魔化す

もうこれでやめようかな
もうこれで決めようかな
切ってもすぐに伸びてくるこの気持ちは
嫌になるくらい真っ直ぐで

君の髪が白くなってもそばにいたいと思ってるよ
あたし髪が白くなるぐらいずっとそばにいたいよ

気付いてない振りの君に気付いてない振りをして
素っ気ない態度で言ってしまいそうな本当の気持ちを誤魔化す

もうこれで決めようかな
もうこれでやめようかな
切ってもすぐに伸びてくるこの気持ちは
嫌になるくらい曲がってて

僕の髪が白くなればその気持ちも変わってるかな
君の髪が乾くまではここにいると思うよ

いつも同じシャンプーの匂い
いつも同じリンスの匂いで
ずっと一緒にいたいって思ってたよ
ドライヤーの音が消える

新しい君の髪型はもう全然似合ってなくて
こんな事になるんなら寝癖のままでよかった
君の髪が白くなってもそばにいたいと思ってるよ
あたし髪が白くなるまでずっとそばにいたいよ

ずっとここにいてね

二十九、三十

いつかはきっと報われる　いつでもないいつかを待った
もういつでもいいから決めてよ　そうだよなだから「いつか」か

誰かがきっと見てるから　誰でもない誰かが言った
もうあんたでいいから見ててよ　そうだよなだから「誰か」か

あーなんかもう恥ずかしいくらいいけるような気がしてる
ずっと誰にも言わなかったけど今なら言える
明日の朝恥ずかしくなるいつものやつだとしても
ずっと今まで言えなかったけどサビなら言える

嘘をつけば嫌われる　本音を言えば笑われる
ちょうど良い所は埋まってて　今更帰る場所もない
現実を見て項垂れる　理想を聞いて呆れかえる
何と無く残ってみたものの　やっぱりもう居場所はない

もしも生まれ変わったならいっそ家電にでもなって
空気清浄機とかなら楽してやっていけそうだな
何も言えずに黙ったまま空気を読んだ振りをして
遠くから見てるだけの俺みたいだし

でも

あーなんかもう恥ずかしいくらいいけるような気がしてる

ずっと誰にも言わなかったけど今なら言える
明日の朝恥ずかしくなるいつものやつだとしても
ずっと今まで言えなかったけどサビなら言える

前に進め　前に進め　不規則な生活リズムで
ちょっとズレる　もっとズレる　明日も早いな
前に進め　前に進め　不規則な生活リズムで
ちょっとズレる　もっとズレる　明日も早いな

前に進め

クリープ

歌にできないこんな事をちょっと甘く薄めてくれよ
馬鹿でもわかるあんな事は今更歌いたくないけど

散々迷って吐き出したら負けだよ
凡人気取って飲み込んだら勝ちだよ

聴くに耐えないこんな声をちゃんと甘く薄めてくれよ
馬鹿でもわかるあんな声で真実の愛を歌いたい

一周回って逆に辿り着いた
三回回って吠えるような素直さで

混ぜる混ぜる混ぜる掻き混ぜる
君が幸せになるように
爆ぜる爆ぜる爆ぜるほどの気持ちを
撫でる撫でる撫でるように歌えたら

歌にできないあんな事を僕にだけは教えてくれよ
冷めない内に飲んだせいの火傷の痛みで覚えて欲しい

一周回って逆に辿り着いた
三回回って吠えるような素直さで

混ぜる混ぜる混ぜる掻き混ぜる
君が幸せになるように

爆ぜる爆ぜる爆ぜるほどの気持ちを
撫でる撫でる撫でるように歌えたら
歌にできないこんな事をちょっと甘く薄めてくれよ

カップリング

こんな事はこんな所じゃなきゃ言えないけど
こんな事は言ったって仕方がないな
カップリングにしてうやむやにしてしまおう
どんな時もずっと大切にしてきたし
どんな物よりもずっと大切にしてたけど
カップリングにして隠しておこう

飛ばされたり忘れられたり
その他で片付けられたり
無くなってもそれでもまだ
見つけてもらう瞬間に期待してる

本当の事が嘘みたいに光る
だからどうって事は別にないけど

取るに足らないこんな気持ちはもう全部
誰も聴いてないアルバムにも入らない
カップリングにして捨ててしまおう

戻って来て思い出したり
そこからまた始まったり
諦めてもそれでもまだ
ひっくり返る瞬間に期待してる

光の中で二曲目が回る

だから別にどうって事もない曲
本当の事が嘘みたいに光る
だからどうって事は別にないけど

手

馬鹿みたいな低反発の夜を抱きしめながら
枕じゃなくて真っ暗だなとか呟いてみる
真夜中　時計の針はもう三時を指してて
馬鹿はあたしだよな　なんてよくある話で笑えないよな

でもね　でもね　でもね　でもね
でもね　でもね　でもねの続きと
離した　離した　離した　離した
離したその手の先を探した

一瞬で消えていく思い出になれたらな

汗ばんだ手のひらからすべり落ちた記憶
本当に見えてるなら　あたしには教えてよ
本当が見えてるなら　あたしには隠してよ

おやすみ　おやすみ　おやすみ
おやすみ　おやすみ　おやすみ
おやすみ　さよなら
離した　離した　離した　離した
離したその手の先を探した

こうやってエイトビートに乗ってしまう
ありきたりな感情が恥ずかしい
こうやってエイトビートに乗ってしまう
ありきたりな感情が恥ずかしいんだよ

馬鹿はあたしだな　馬鹿はあたしだったんだな
馬鹿はあたしだな
馬鹿はあたしだな　馬鹿はあたしだったんだな
馬鹿は　馬鹿は
馬鹿はあたしだったんだな

アイニー

今すぐ伝えたい事が　あるなら早く呼んでよ
関係なんていらないなら　ただ割り切ってよ
あなたとは次元が違うから　きっと分かり合えない
展開なんて知らなくても　ただやり切ってよ

引き出しの中に入りきらない
整理してもキリがないから気づく

めくるめく日々めくれば風が吹いて飛べる
でも　また会う日まで　ずっと暇で　いつも悲しくなる
私に触れるあなたの顔がちょっと赤くなる

いつか超えて会いに行くから　待ってて
今すぐ伝えたい事が　あるから早く読んでよ
背景なんていらないし　コマで割れないから

吹き出しの中に入りきらない
習慣になる週刊
吹き出しの中に入りきらない
何ページあっても足りないから続く

めくるめく日々めくれば風が吹いて揺れる
君の　髪の匂いは　紙の匂いで　いつも寂しくなる
君に触れる僕の親指はちょっと黒くなる
いつか超えて会いに来てね　待ってる

僕は君の答えになりたいな

足したり引いたり　ましてや掛けるなんて
なんとか割り切ってここまで来た
貸したり借りたり　ましてや賭けるなんて
なんとか守り切ってここまで来た

残りの数字は皿の上に並べたら
ラップにでもくるんで冷蔵庫の中へ

僕は君の答えになりたいな　ずっと考えてあげる
別になんの保証も無いけれど　間違いだらけの
僕は君の答えになりたいな　ずっと考えてあげる

心の中を見せてあげる
幸せの蓋の裏に付いてる
悲しみを舐めて安心する

どこにいても何をしてたって　ずっと考えてあげる
別になんの保証も無いけれど　間違いだ　だけど
君が僕の問題であってよ　ずっと考えてあげる
心の声を聞かせてあげる
僕は君の答えになりたいな　ずっと考えてあげる
別になんの保証も無いけれど　間違いだらけの
そんな答えの出ない問題も　ずっと考えてられる
心の中を見せてあげる

別になんの保証も無いけれど
足したり引いたり　ましてや掛けるなんて
なんとか割り切ってここまで来た

5％

ずっとそばにいて　別に意味は無いけど
だからずっとそばにいて欲しいよ
僕を好きになるまで

朝の5時始発が動いて辺りも明るくなる頃
いつもあと一本あと一歩　足りない届かないよな
この気持ちは一番搾りでも
君はいつもスーパードライで
あっという間すっかり抜けきって
ただの苦い水になった

5パーセントくらいで酔ったらさ
5パーセントくらいは信じてよ
5パーセントくらいで酔ったらさ
5パーセントくらいは信じてよ
5パーセントくらいで酔ったらさ
5パーセントくらいは信じてよ
5パーセントくらいに酔っていたいよ

ずっとそばにいて　別に意味は無いけど
だからずっとそばにいて欲しいよ
僕を好きになるまで

終わらせ方がわからなくて何となく振った右手の
缶ビールの残りがピチャピチャ情けない音を立ててる

ずっとそばにいて　この酔いが醒めても
だからずっとそばにいて欲しいから
二日酔いも超えて
ずっとそばにいて　何の意味も無いけど
だけどずっとそばにいて欲しい
僕を好きになるまで

けだものだもの

もうやだよ　目は口ほどに物を言うとか言うけれど
あぁもう駄目だ　一〇個もあったらうるさくてしょうがないね
もうやだよ　目は口ほどに物を言うとは言ってもさ
あぁもう駄目だ　口だって二〇個あるから困るね

「どんな姿をしていても」なんてどの口が言ってるんだろう
空っぽの目には映ることのない目を覆いたくなるようなけだもの
どんなに目を凝らしても人間には程遠い姿の
鏡に映るこの何かを見て目を覆いたくなるだけだもの

なんてね

もうやだよ　喉から手が出るほど欲しかっただけなのに
「ほど」では済まずに本当に喉から出てきた手を
それでも優しく握り返してくれた手

「どんな姿をしていても」なんてその口が言ったんだね
握り潰した手の感触さえ優しく手のひらに残った
そんなに目を凝らしたら人間には程遠い姿の
瞳に映るこの何かを見て目を覆いたくなるだけだもの

死んでね

テレビサイズ（TV Size 2'30）

大事な作品を縮める事はできないけど今回だけ特別にやりますよ
曲を大事にしているけど局も大事にしないとなとかそんな
くだらない事ばっかり言ってる余裕なんて無いんだけど
大事な事を言える確信だって無いからこうやって歌ってるって歌です
だからいっそテレビサイズで
二分半にまとめてみます

この際もう縮めるという概念すら捨てて
また新たに作りあげるイメージでやってみましょうよとか
こうやって無駄な言葉で隙間を埋めるぐらいだったら
最初から気持ちよくまとめて貰った方がいいじゃねぇかって

思ったんだよクソがよ馬鹿がなぁ
だからいっそテレビサイズで
ボロが出る前に間奏へ

馬鹿なフリしたら良い曲できた
逆転の発想に追いつかれて覚めた

馬鹿なフリしたら良い曲できた
言いたい事だって結局言えた
だからいっそテレビサイズで
ボロが出る前にアウトロへ

一秒
一秒

一秒ずつ削る気持ち

誰かが吐いた唾が
キラキラ輝いてる

汚い街の隅で　見つけた黒い流れ星に
時間もないから単刀直入に　幸せになりたいと願った
野良猫は立ち止まって　迷惑そうにふりかえる
誰かが吐いた唾が　キラキラ輝いてる

嫌よ嫌よも好きの内　良い事ある生きてればその内
あれよあれよともう月夜　見上げる帰り道
あたしほんとに馬鹿だから涙がとまらないよ

なんとなく持て余した　二番のＡメロみたいな
なんでもない時間が　いまさら愛しい

嫌よ嫌よも好きの内　良い事ある生きてればその内
あれよあれよともう月夜　見上げる帰り道

別にどうでもいいけどさ
また良い娘と会う生きてればその内
あれよあれよともう月夜　見上げる帰り道

バンド

今から少し話をしよう　言葉はいつも頼りないけど
それでも少し話をしよう　歌にして逃げてしまう前に
バンドなんかやめてしまえよ　伝えたいなんて買い被るなよ
誰かに頭を下げてまで　自分の価値を上げるなよ

だけど愛してたのは自分自身だけで馬鹿だな
だから愛されなくても当たり前だな糞だな

今までバンドをやってきて　思い出に残る出来事は
腐る程された質問に　今更正直に答える
２００９年11月16日　アンコールでの長い拍手

思えばあれから今に至るまで　ずっと聞こえているような気がする
だけど愛してたのは自分自身だけで馬鹿だな
だから愛されなくても当たり前だな糞だな

ギターもベースもドラムも全部
うるさいから消してくれないか
今はひとりで歌いたいから
少し静かにしてくれないか
こんなことを言える幸せ
消せるということはあるということ
そしてまた鳴るということ
いつでもすぐにバンドになる

だから愛しているよ都合のいい言葉だけど
結局これも全部歌にして誤魔化すんだけど

だけど愛してたのは自分自身だけで馬鹿だな
だから愛されなくても当たり前だな糞だな

そうだなそうだなそうだなそうだよな
嘘だな嘘だな嘘だよな
疑いは晴れずでも歌は枯れず
付かず離れずでこれからも

そうだなそうだなそうだよな
嘘だな嘘だな嘘だよな
疑いは晴れずでも歌は枯れず

付かず離れずでこれからも

ただ

ただそばにいて　とか言えなくて
いつもその理由を考えてしまう
ただそばにいての　ただが何かを
恥ずかしくなって考えてしまう
ただ　ただちゃんと
ただ　伝えたいのに

初めて会った瞬間にとかわかりやすくなくてごめんね
それでも質には何の問題もないから
それはもう典型的な失って初めて気づく系の
ありふれた気持ちでわかりやすくてごめんね

ってどっちでも良いよ　どっちでも良いよ
どっちでも良いから
早くしてよほら気が変わらないうちに
どっちでも良いよ　どっちでも良いよ
どっちでも良いのに
そんな事はもうどうだって良いのに

もうやめた　もうやめた
もうこんなことやってられるかよ
もう決めた　もう疲れた　今日でやめてやるよ
クソ　クソ　クソ
あっ、嘘　こっちみて
ねぇ、ただ好きなんだ

ついにようやく言えたとも今更何言ってるんだとも言える
苦いようで甘いようで何とも言えない
帯に短し襷に長し　イノチミジカシコイセヨオレ
苦くて甘くて何とも言えない

ってどっちでも良いよ　どっちでも良いよ
どっちでも良いから
早くしてよほら気が変わらないうちに
どっちでも良いよ　どっちでも良いよ
どっちでも良いのに
そんな事はもうどうだって良いのに

ただそばにいて　とか言えなくて

いつもその理由を考えてしまう
ただそばにいての　ただが何かを
恥ずかしくなって考えてしまう

どこにもないどこにもない
どこにもない物なんてどこにもない
けど　どこにでもある物が
どこにもない物になる瞬間
どこにもないどこにもない
どこにもない物なんてどこにもない
けど　どこにでもある物が
どこにもない物になる瞬間が今

ただ　ただちゃんと

ただ　ただ好きなんだ
ただ　ただちゃんと
ただ　ただ好きなんだよ

君が猫で僕が犬

わかり合えないのはここに居ない　誰かのせいにして
笑い合えないのはここにはない　何かのせいにして

安物の傘を差して行く　君の家まで
高い所だって登る　君の場所まで

本当の事言うとね　信じてなかった
洗剤の匂いに酔ってただけ

君が猫で僕が犬　でもずっと側にいれるかな
ちょっとでも似てる所見つけられたら良いな

小さなその手の中に　どれくらい見つけられるかな
あぁ飼い主が呼んでる　じゃあね僕は行くね
また明日

本当の事言うとね　信じてなかった
洗剤の匂いに酔ってただけ

君が猫で僕が犬　でもずっと側にいれるかな
ちょっとでも似てる所見つけられたら良いな
小さなその手の中に　どれくらい見つけられるかな
あぁ飼い主が呼んでる　じゃあね僕は行くね
また明日

今今ここに君とあたし

「昔昔あるところに」って曖昧過ぎてわからなくて
おじいさんとおばあさんじゃ何だか物足りなくなって
流れてきた桃を無視してそのまま見送った　さようなら

君がじじいになる前にやり残した事があるんだ
後悔あとで立たなくなる前にあんな事やこんな事も
したいしたいしたいしたいしたいしたいしたい
したいしたいしたいしたいしたい

今今ここに君とあたし　どうでもいい二人だけの話
いつもニコニコ君とあたし　何の確信も無いけどね

いつだって今が面白い

あたし騙し騙しなんとかやってるこの暮らし
お互いいくつかの玉手箱を隠し持って
開けないように　飽きないように　両腕で抱きしめた
時々できる変な間もドキドキに変えていけたら良いのにな
とか言ってるだけだから

今今ここに君とあたし　どうでもいい二人だけの話
いつもニコニコ君とあたし　何の確信も無いけどね
いつだって今が新しい

昔々あるところに独特の世界観を持ったバンドがおったそうな
変な声だと村人から石を投げられて泣いていたバンドを救ったのは

変な感性を持った変な村人だった
そうやってどうにかこうにか
変な時代を変な村人に支えられながら
変なバンドは生き延びていった
そしてバンドはロックフェスに芝刈りへ！
運命の選択へ！
だから今日も
「決して覗いてはいけません」と言われた扉を開け続けるのです

「昔昔あるところに」って曖昧過ぎてわからなくて
おじいさんとおばあさんじゃ何だか物足りなくなって
流れてきた桃を無視してそのまま見送った

君がじじいになる前にやり残した事があるんだ

後悔あとで勃たなくなる前にあんな事やこんな事も
したいしたいしたいしたいしたいしたい
したいしたいしたいしたいしたい
したいしたいしたいしたいしたいしたいしたい
したいしたいしたいしたいしたい

栞

途中でやめた本の中に挟んだままだった
空気を読むことに忙しくて今まで忘れてたよ
句読点がない君の嘘はとても可愛かった
後ろ前逆の優しさは、すこしだけ本当だった

簡単なあらすじなんかにまとまってたまるか
途中から読んでも意味不明な二人の話

桜散る桜散る　ひらひら舞う文字が綺麗
「今ならまだやり直せるよ」が風に舞う
嘘だよ　ごめんね　新しい街にいっても元気でね

桜散る桜散る　お別れの時間がきて
「ちょっといたい　もっといたい　ずっといたいのにな」
うつむいてるくらいがちょうどいい
地面に咲いてる

初めて呼んだ君の名前　振り向いたあの顔
それだけでなんか嬉しくて急いで閉じ込めた

あのね本当はね　あの時言えなかったことを
あとがきに書いても意味不明な二人の話

ありがちで退屈などこにでもある続きが
開いたら落ちてひらひらと風に舞う
迷っても　止まっても　いつも今を教えてくれた栞

ありがちで退屈などこにでもある続きが
終わってからわかっても遅いのにな
うつむいてるくらいがちょうどいい
地面に泣いてる

この気持ちもいつか手軽に持ち運べる文庫になって
懐かしくなるから　それまでは待って地面に水をやる

桜散る桜散る　ひらひら舞う文字が綺麗
「今ならまだやり直せるよ」が風に舞う
嘘だよ　ごめんね　新しい街にいっても元気でね
桜散る桜散る　お別れの時間がきて
「ちょっといたい　もっといたい　ずっといたいのにな」
うつむいてるくらいがちょうどいい

地面に咲いてる

お引っ越し

「そうやってまた泣くだろ」ってそうやってまた言うだろ
「じゃあ出て行く」って言ったら止めると思うよ普通
「やり直そう」をやり直してしまういつも素直じゃないから
「そんな所も好きだ」って前言ってなかったたっけ

細心の注意を払って　内心そうじゃなくても
ギリギリ馬鹿でいられますように
「いつかまたどこかで」とか言える軽さで
無理して積み上げたダンボール

大きくて小さいどこにも入らない荷物
仕方がないからもうここに置いていくね

治療中の奥歯とやっと見つけた近道
貯めたポイントカードもただの紙切れになった
取扱注意のコワレモノになって
次回予約の日にはもう知らないどこかの街

少しは手伝って　これはどっちのだったっけ
このまま忘れてしまえばいいか
「幸せになって」とか言える重さで
無理して持ち上げたダンボール

大きくて小さいどこにも入らない荷物

仕方がないからもうここに置いていくね
言葉にすれば足りない　触れば溢れる
好きでできたこの隙間
無理して閉じて抱いたらカタカタうるさい

陽

もうじゅうぶん楽しんで　今さら後には引けないな
ベッドには確かな温もり
洗ったばかりなのに　今さら引いても戻らない
シーツには幸せのしわ寄せ

嘘みたいな合鍵　本当の鍵穴
全部わかってたけど　何も知らなかった
嘘みたいな合鍵　本当の鍵穴
全部わかってたけど　何も知らなかった

今日はアタリ　今日はハズレ　そんな毎日でも

明日も進んでいかなきゃいけないから
大好きになる　大好きになる　今を大好きになる
催眠術でもいいからかけてよ
明日も進んでいかなきゃいけないから

もうじゅうぶん悲しんで　今から何をしようかな
シーツに包まって消えた

クソみたいな合鍵　本当は節穴
全部わかってたけど　何も要らなかった
クソみたいな合鍵　本当は節穴
全部わかってたけど　何も要らなかった

今日はアタリ　今日はハズレ　そんな毎日でも

明日も進んでいかなきゃいけないから
大好きになる　大好きになる　今を大好きになる
催眠術でもいいからかけてよ
明日も進んでいかなきゃいけないから

わかってるよ　わかってるよ
わかってるよ　わかってるよ
そんなの言われなくても
窓の中のいつもの顔　人差し指でなぞってみる
目と口の間を繋ぐ涙の線路

今日はハズレ　今日もハズレ　そんな毎日でも
明日も進んでいかなきゃいけないのか
大好きになる　大好きになる　今を大好きになる

催眠術なんてもう解いてよ
大好きになる　大好きになる　今を大好きになる
無理に変わらなくていいから
代わりなんかどこにもないから
もしかしたら明日辺り　そんな平日

禁煙

もうやめなって言えば息してるだけだって返す
くしゃくしゃの笑い顔がすぐに吐く煙で消える

何度言っても変わらないから
心配しても時間の無駄
もっと良い空気を吸えばって返せば
これで十分だってまた笑う

そんなやりとりも　どんなやりとりも
キラキラ光る宝物だったよ
こんなあんたにも　やめれるものがあるなんて

知らなかったよ

二人で同時にやめた　はずだったのにそこでズレて
黄色い壁に寄りかかってそれでも待ってた

ねぇ灰皿に忘れてるよ
すこしずつ短くなっていく
そうやって押しつけて
消すのはこっちだ

夜中のコンビニも　駅の喫煙所も
ゆらゆら揺れて見えなくなったよ
二人のついでより
煙草を買うついでみたいな二人だった

そんなやりとりも　どんなやりとりも
キラキラ光る宝物だったよ
こんなあんたにも　やめれるものがあるなんて
知らなかったよ

ずっとじゃなくて
ジュッて音がした

一生のお願い

ねぇもっとそばに来て　抱きしめて離さないよ
何もないあたしでも何があっても変わらないよ
だから
一生のお願い聞いて　そこのリモコン取って

居れば居るほど　入れ歯要るほど
ずっと続くだろうこの暮らし
噛めば噛むほど近づく二人
味を占めて抱き合う

それもほどほどにそれはそうと

いつも楽しいこの気持ちは
ありのままわがままあるがまま
早口言葉みたい

ねぇもっとそばに来て　抱きしめて離さないよ
何もないあたしでも何があっても変わらないよ
だから
一生のお願い聞いて　加湿器に水入れて

使い古して　使い果たして
その度に何度も蘇る
一生に一度じゃなくて
一生続いていく

今日も終わるね　また明日よろしくね
離したくない　話し足りないなまだ
そこの電気消して

おやすみって言ったけど　気になって眠れなくて
まだしばらく起きてよう　テレビでもつけよう

ねぇもっとそばに来て　抱きしめて離さないよ
何もないあたしでも何があっても変わらないよ
だから
一緒のお願い聞いて　そこにリモコン置いて

燃えるごみの日

誰かが決めた記念日に散々付き合ってきたんだから
一日くらい　どうか好きに　特別な日にして欲しい
誕生日も　クリスマスも　正月まで注ぎ込んで
誰かじゃない人と決めた記念日を見つけてね

海の日に海に行くようなその素直さが何より誇りです

こんな日が来るなら　もう幸せと言い切れるよ
そばに居なくてもわかるのは
君が生まれた初めての記念日があるから
こんな日の先には　なんでもない日々を重ねて

そばに居なくてもわかるほど笑っていてください

それはそうと　なんか今更　突然寂しくなって
でも捨てたよ　だって今日は　燃えるごみの日

母の日を何より大事にそんなことはもう知ってるだろうけど

空の青さよりもっと　夜の黒さよりも確かに
そこに無くても見えるのは
君が生まれた初めての記念日があるから
こんな日の先には　なんでもない日々を重ねて
そばに居なくてもわかるほど笑っていてください

もうどんな日の先にも　大切な日々を重ねて

そばに居なくてもわかる程
二人のおかえり　二人のただいま
二人のおはよう　二人のおやすみ
なんでもない日々に重ねて

ゆっくり行こう

意味ならないけどだからなに
うるせーよ黙ってろ　もういいよ
茶色く染まった君の髪
でも同じ声　同じ顔　同じ君

そんなに焦るなよ　ゆっくり行こう

いつか

くだらない妬みや　変わらない痛みに
傷ついて気づく日も

この先いつだって　君の味方だよ
だからなに　うるせーよ

どうせ明日には元通り
真っ黒になるくせに　いきがるな
だから今日だけはいつもより
悪そうに　怒っても　怖くない

そんなに簡単に　変わらないよ

居場所がなくなって　自分だけがいつも
ひとりだと思う日も
なんだ偶然だな　ほら一緒だよ
だからなに　うるせーよ

料理

愛と平和を煮しめて味覚を馬鹿にして笑う
浅ましい朝飯だ
滲んで千切れたレシート　ポケットの中に張り付いたゴミ
何を買ったんだっけ　二人の洗濯は間違ってたのか
とりあえず何か作ろう

出来合いでも溺愛で　焦げても焦がれて
残さずに全部食べてやるよ　だからさ

そばにいてくれたら　それで腹が膨れる
眠くなってすぐに　二人で横になった

ただ駄々をこねるハンバーグ　疑いの素そのソースはどこ
冷めたらまずいからって　バレたらまずいの間違いじゃない
おぞましい塊だ

じっくりコトコト問い詰めて　ざっくり切り裂いて
刺身でいけるくらいに新鮮なのを盛り付けたら
やっぱり横にはツマでしょう

箸の持ち方で　真ん中がわかる
残さずに全部食べてみろよ　だけどさ
なぜか腹が減る　こんなに悲しいのに
二人の味付け　涙はしょっぱい

そばにいてくれたら　それで腹が膨れる
眠くなってすぐに　二人で横になった

ポリコ

確かにここが汚れてる
ほらまだここも汚れてる
ポリコはいつもこすってる
でも足りない足りない足りないまだ

便所の落書き　糞ガキ　まるでパリコレ
ファッションで語る　馬鹿野郎　って何これ

最近どう　まぁ別に普通
どうでもいいこと確かめあって
息してたいだけのはずなのに

足りない足りない足りない足りないまだ
そうやって　いつもまぁ普通
優しくしたいだけなのにできない　消えない
溝にこびりついた汚れ

ポリコは法定速度で
いつもの道を走ってた
正しさの先を曲がったら
でも言わない言わない言わない言わないから

便所の落書き　糞ガキ　うまく切りとれ
クラクションを鳴らす　馬鹿野郎　って何これ
最近どう　まぁ別に普通

どうでもいいこと確かめあって
息してたいだけのはずなのに
足りない足りない足りないまだ
そうやって　いつもまぁ普通
優しくされたいだけなのにされない　消えない
溝にこびりついた汚れ

馬鹿は一つ覚えてまたすぐに忘れる　でも消えない
溝にこびりついた汚れ

確かにここが汚れてる
ほらまだここも汚れてる
ぽり子は今日もこすってる
でも足りない足りない足りないまだ

四季

年中無休で生きてるから疲れるけどしょうがねー
でもたまには休んでどっか行きたい
年中無休で生きてるけど楽しいからしょうがねー
このまま二人でどっか行きたい
少しエロい春の思い出　くしゃみの後に浮かぶあの顔

この季節になるとなぜかいつも無性に聴きたくなるバンド
全然さわやかじゃないけど
忘れてたら　忘れてた分だけ　思い出せるのが好き
やっぱりさわやかじゃないけど
いつでも優しい夏の思い出　蛍の光揺れる寄り道

年中無休で生きてるから間違うけどしょうがねー
いつも謝ってばかりだけど
何かに許されたり何かを許したりして
そうやって見つけてきた正解
それはダサい秋の思い出　謝ってばかりでごめんね

熱くて蹴っ飛ばして
寒くなってまた抱きしめたりして
叩かれて干されてもまた包んで　布団みたいな関係

息が見えるくらいに寒くて暗い帰り道
どうでもいい時に限って降る雪
その時なんか急に無性に生きてて良かったと思って

意味なんて無いけど涙が出た
あれは恥ずかしい冬の思い出　街の光揺れる目の中
風邪ひいたかもそれもしょうがねー
くしゃみの後に浮かぶあの顔

少しエロい春の思い出

愛す

逆にもうブスとしか言えないくらい愛しい
それも言えなかった
急ぎなほら遅れるよ　やがてドアが閉まるバス

君がいいな　そばがいいな
やっぱりそばには君じゃなくちゃダメだな
違うよ　黄身って誤魔化して　蕎麦の中の月見てる

ベイビーダーリン　会いたい
メイビーダーリン　曖昧
ベイビーダーリン　会いたい

ような気がしないでもない

いつもほらブスとか言って素直になれなくて
ちゃんと言えなかった
ごめんね好きだよさよなら　時間通りに来るバス
逆にもうブスとしか言えないほど愛しい
それも言えなかった
急ぎなほら送れるよ　やがてドアが閉まるバス

肩にかけたカバンのねじれた部分がもどかしい
何度言っても直らなかった癖だ
もう元に戻してあげられなくなるんだな
自分でその手を離したくせに

ベイビーダーリン　会いたい
メイビーダーリン　あ、今いい
ベイビーダーリン　会いたい
って思ってるだけで

いつもほらブスとか言って素直になれなくて
ちゃんと言えなかった
好きだよいまさらごめんね　時間通りに出るバス
逆にもうブスとしか言えないほど愛しい
それも言えなかった
ねじれてもう戻らない　見上げれば空には月

しょうもな

馬鹿だなってよく使うけど
それもう古いって知ってた
愛情の裏返しとかもう流行らないからやめてよ

だけど　キスしたらスキ　お別れをわかれ
坂の途中で傘を広げて
抱き合う体　だから浮気だ
糸にほど遠いそれはただの線

もう何もかも振り切るスピードで
意味ないこの音の連続で

今は世間じゃなくてあんたに
お前にてめーに用がある
言葉に追いつかれないスピードで
ほんとしょうもないただの音で
あたしは世間じゃなくてお前に
お前だけに用があるんだよ

空にキラキラお星様
きっとあなたも見てるよね
は？　こんなクソみたいな詩で一体何が伝わるんだろう

まさか逆さま　これまだやるの
だから言葉とは遊びだって言ってるじゃん
ただの砂場だ　ガタガタ言うな

カサカサ鳴らすただの枯葉だよ

もう何もかも振り切るスピードで
意味ないこの音の連続で
今は世間じゃなくてあんたに
お前にてめーに用がある
言葉に追いつかれないスピードで
ほんとしょうもないただの音で
あたしは世間じゃなくてお前に
お前だけに用があるんだよ

神様どうか　こんな言葉が
世間様にいつか届きます様に
神様どうか　こんな言葉が

世間様にいつか届きます様に

一生に一度愛してるよ

初期はもっと勢いがあったし尖ってたのに
最近なんか丸くなっちゃったからつまんないな
もうあの頃には戻れないんだね
だからいつもいつもいつもファーストばかり聴いてる
初期はもっと思いやりがあって優しかったのに
最近なんか雑になってきて
寂しいな　もうあなたの一番じゃないんだね

初めてみたいにドキドキさせて
ちゃんと奥まで刺してよ
でもこのままあたしを安心させて

ずっと同じがいいから
バンドと恋人が逆だったらな

最近似たような曲ばっかりで飽きてきた
本当は新しい曲できてるんじゃないの
もうあの頃には戻れないんだね
相変わらず今もファーストばかり聴いてる
最近似たような毎日ばかりでもう飽きてきた
本当は新しく好きな人でもできたんじゃないの
ちなみに名前はコウキって言うんだけど
それも皮肉だね

もう一度あたしをドキドキさせて
もっと奥まで刺してよ

出会ったあの日は１０３です
一回も減らしたくない

初めてみたいにドキドキさせて
ちゃんと奥まで刺してよ
でもこのままあたしを安心させて
ずっと同じがいいから
バンドと恋人が逆だったらな　いいな
死ぬまで一生愛されてると思ってたよ

ナイトオンザプラネット

夜にしがみついて　朝で溶かして
何かを引きずって　それも忘れて
だけどまだ苦くて　すごく苦くて
結局こうやって何か待ってる

ナイトオンザプラネット額縁にいれたポスター
窓のそばの花のとなりに飾ってた
吹き替えよりも字幕で　二人で観たあの映画
巻き戻せば恥ずかしいことばかりで早送りしたくなる
思わず止めた最低の場面　出会った夜に言った台詞は
ブラは外すけどアレは付けるから全部預けて

空は飛べないけどアレは飛べる
愛とヘイトバイト　明日もう休もう
二人で一緒にいたい

夜にしがみついて　朝で溶かして
何かを引きずって　それも忘れて
だけどまだ甘くて　すごく甘くて
結局こうやって何か待ってる

あの頃と引き換えに
字幕より吹き替えで
命より大切な子供とアニメを観る
いつのまにかママになってた

このまま時間が止まればいいのになって思う瞬間が
この先つま先の先照らしてくれれば

ナイトオンザプラネットじゃあって別れてから
ジャームッシュは一体何本撮った
今もあの花のとなりでウィノナライダーはタバコをくわえてる
ライターで燃やして一体何本吸った

最高の場面を焼きつけよう
雨に濡れた帰り道は風で乾かそう
久しぶりに観てみたけどなんか違って
それでちょっと思い出しただけ

夜にしがみついて　朝で溶かして

何かを引きずって　それも忘れて
だけどまだ苦くて　すごく苦くて
結局こうやって何か待ってる

ナイトオンザプラネット額縁にいれたポスター
窓のそばの花のとなりに飾ってた
吹き替えよりも字幕で　二人で観たあの映画

なんか出てきちゃってる

偶然ネジが　偶然ネジが　偶然ネジがゆるんじゃって
このまま外しちゃおうかって思ってるんだけどどう思う?
いいんじゃない　俺だったら外しちゃうかな
でもしらねーからな　それでどうなったって　アレが出てきちゃってもさ
後になって「だからあの時外さなきゃ良かったんだよ」とか絶対に言うなよ
やっぱりお前ってそういうところあるからな
あっ　今お前って言っちゃいけないんだけどさ　お前にだけはお前って言うね
だって俺とお前の関係性があるんだから　それは許されるよな
ところでアレの話だけどさ　ちょっと言いにくいんだけど　もう出てきちゃってるかも　その緩んだネジの隙間からさ　出てきちゃってる

お前には見えてないから良いんだろうけどさ　とりあえずそれ一回しまってくんないかな　こんなの見せられてたら話に集中できないし　何より気持ち悪過ぎるって
お前　なんでそんなのが頭の中に入ってんの？　出すのもアレだけど　入ってるのもヤバいって　え？　俺も出ちゃってる？　嘘だろ　俺の頭にも入ってたの？　最悪だろそれ　えぇ……これもう出しちゃった方がいいかな？　それともしまってた方がいいかな？　あー　どうしよう　さっき俺だったら外しちゃうかなって言ったくせに　いざそうなると迷うな　ねぇ　どうする
あーもうじゃあさ　せーので同時に出さない？　そうしようよ
せーのでさ　同時にさ　せーの　って言ったらだよ　あー　引っかからなかったか
これ小学生の時よくやらなかった？　よし　じゃ今度こそ本当にいくよ

せーの

キケンナアソビ

そうやって口ばかりで　だからさ
どうせやるなら早くしようよ
始めから終わってるなら　どのみち後腐れないし

本当は君だけをとか要らないから
この道をまっすぐ行けば帰れるから
これからも末永くお幸せに
じゃあ気をつけて

それでも
お風呂で流す嘘の匂い

首から上だけでも残してよ
心がすり切れて揺らぐから
することすればうつる匂い
首から下だけでも愛してよ
体で繋ぎ止めて揺れる夜
それだけ　それだけ　それだけで良いのにな
って嘘だよ

こっちは口だけじゃない　だからさ
もっと色々●●●しようよ
やっぱり終わってるから　何しても
もう意味ないな

信じてる君だけはとか言わないから

この道をまっすぐ行けば帰れるから
これからも末永くお幸せに
ほら火をつけて

お風呂で流す嘘の匂い
首から上だけでも残してよ
心がすり切れて揺らぐから
することすればうつる匂い
首から下だけでも愛してよ
体で繋ぎ止めて揺れる夜を越えて

夢みたい　夢みたい　夢みたいな話
なんか馬鹿みたい　馬鹿みたい　ほんと馬鹿みたいだな
馬鹿みたい　馬鹿みたい　馬鹿みたいだあたし

なんか夢みたい　夢みたい　全部夢みたいだな

夕焼け小焼けのチャイムが鳴って
よい子は早く家に帰りましょう
夕焼け小焼けのチャイムが鳴って
よい子は早く家に帰りましょう
夕焼け小焼けで真っ赤に燃えて

幽霊失格

そんな夜を一人で歩いてる
ふいに後ろで誰かの気配がして
振り向いても誰もいないのはわかってるけど
夜の道を猫背で歩いてる
まるで飼い主を探す犬みたいだな
ガラスに映るのは　君の幽霊

化けて
顔色悪い　ちゃんと食べてる
怖いどころか心配だよ
寝る前に繋いだ熱い手を　寝起きで開けただるい目も

思い出させてばかり　君は幽霊失格
今日は珍しくまだついてくる
懐かしいとはしゃぎながら部屋のドアを通り抜ける
さすが幽霊

抱きしめたとき触れなくても
ちゃんと伝わるそんな霊感
座って用を足す癖　今でもまだ直らないまま
つくづく犬みたい

せっかくの丑三つ時なのに眠そうで
気づけばいつの間にか寝息を立ててる
まるでこの世のものとは思えない

写真にだけ写る美しさ
分けて
悲しいことも　苦しいことも
怖いどころか嬉しいんだよ
成仏して消えるくらいなら　いつまでも恨んでて
なんて言わせる　君は幽霊失格

exダーリン

ハニー　君に出会ってから色んな事わかったよ
セ・リーグとパ・リーグの違いとか
マイルドとライトの違いとか

ハニー　君に出会ったから色んな事わかったよ
発泡酒とその他雑酒の違いとか
本当に好きな人とその他雑種の違いとか

悲しい色に染まった夕暮れが
今日はやけに優しいな
あなたがくれた携帯のストラップ

大事な所はどっかにいって紐だけ残った

ねぇダーリン　ねぇダーリン　今夜は月が綺麗だよ
四六時中思っている事は　今でもまだ好きだよ
ねぇダーリン　ねぇダーリン　今夜は月が嫌いだよ
怒った時頭をかく癖が　今は凄く愛しい

ハニー　君に出会ってから色んな事わかったよ
ワインと焼酎の違いとか
麻美ゆまと柚木ティナの違いとか
ハニー　君に出会ったから色んな事わかったよ
アスカと綾波の違いとか
あの娘とあたしの違いとか

悲しい色に染まった夕暮れが
今日はやけに優しいな
あなたがくれた携帯のストラップ
大事な所はどっかにいって紐だけ残った

ねぇダーリン　ねぇダーリン　今夜は月が綺麗だよ
四六時中思っている事は　今でもまだ好きだよ
ねぇダーリン　ねぇダーリン　今夜は月が嫌いだよ
笑った時鼻をすする癖が　今でもまだ愛しい

凜と

忍び込んだ晴れ舞台に凜と立つ　あたしはお姫さま
退屈な物語で愛をまさぐる　その正体は醜い魔女

っていう役　もうただの役　役立たず棒読みの下手くそ
っていう役　ただの役　お約束ばかりで飽きてきてる
そういう役　これは役　でも自分にしかならなくて
そういう役　これは役　この先も全部決まってるって
台本通りの

誰にも言わない悲しみで涙のにおいが甘くなる
誰にもなれない悲しみは涙の色に似てる

買い物帰りいつもの道　大根飛び出してる
いかにも　普通の　普通ってなんだろうな
退屈な物語を今日もまさぐる
お前の正体がバレた

隠れてないで出ておいで何にも怖くないから
二人なら大丈夫
どんな未来も書き換えようとか終わってる台詞
誰にも言わない悲しみで涙のにおいが甘くなる
誰にもなれない悲しみは涙の色に似てる

っていう役　もうただの役　役立たず棒読みの下手くそ

っていう役　ただの役　お約束ばかりで飽きてきてる
そういう役　これは役　でも自分にしかならなくて
そういう役　これは役　この先も全部決まってるってさ

本当なんてぶっ飛ばしてよ

苦くてもいいから笑ってくれないか
そうやって怒ってる顔も可愛いけど
じゃあどうすればいいって聞いても教えてくれないか
ならもういいよ　ただの逆ギレ

だけど
それでもだめならさよならどうかお元気で
まだまだこれからキラキラ輝いて
だから
さよならさよならさよならどうかお元気で
カラカラだからびしょびしょに潤して　もう許して

あれ今笑った　ねぇ　ちょっと笑ってたでしょ
って言われてまた怒ってる顔も可愛いとか言ってないで
いつもごめんねってなんで言えないの
ならもうないよ　逆逆ギレ

晴れでも雨でも雪でも雷でもいいよ
わかってるつもり　積もり　曇りのちアレ？
アレでもコレでもソレでもなんだっていいよ
ザラザラの心をツルツルに戻して　もう直して

感情なんかぶっ飛ばして　本当なんてぶっ飛ばして
感情なんかぶっ飛ばして　本当なんてぶっ飛ばしてよ
感情なんかぶっ飛ばして　本当なんてぶっ飛ばして

感情なんかぶっ飛ばして　本当なんてぶっ飛ばしてよベイビー

それでもだめならさよならどうかお元気で
まだまだこれからキラキラ輝いて
だから
さよならさよならさよならどうかお元気で
カサカサだからベトベトにしてよ
晴れでも雨でも雪でも雷でもいいよ
わかってるつもり　積もり　曇りのちアレ？
アレでもコレでもソレでもなんだっていいよ
カラカラだけどびしょびしょに潤して　もう許した

愛のネタバレ

初めて見た時初めて見たと思えたそれだけで
当たり前だけどなんか嬉しかった
どこかであったような気がするよりもっと運命で好きだと思ったんだ

星5のうち3・2　なんとも言えないこの評価
好きか嫌いかで言えば好き　でもここからはネタバレを含む
この人を好きな人はこんな人も好きだろうとか
誰かが決めた人じゃなくて　ここからネタバレ

これでお別れ　握りしめた手　笑えないって　笑えがんばれ
夜のコンビニ　駅前の椅子　帰り道で泣きそうになる

ってゆうか泣いてる

急上昇ワード1位「二人でいるのに一人みたい」
言われたあの日から　いつまでも忘れられなくて
最後に見た時最後に見たと思ったそれだけで
当たり前だけどいつも愛しかった

あの口コミで知りましたあなたの奥の方
蜂蜜みたいな味とか嘘ついたけど

だから　これでお別れ　まるでネタ切れ
握りしめた手を振り払え
自分の家が自分の家過ぎてやっと笑えた

誰かの落とし物　どこかで花火
たまに間違えるスーパーライト
初めて別れて初めて別れたと思った
当たり前だけどそれが悲しくて泣きそうになる
っていうか泣いてる

ぜんぶネタバレ

真実

もしかして見えてるのそれは大変だ
絶対に黙っときな気味悪がられるから
それでもどうしても我慢できない時は
そっと吐き出しなぜんぶ受け止めるから

何にも見えてない奴らはわかってるつもりで語るけれど
いつかもしもこれが見えたら腰抜かして泣きながら逃げるだろうな

やけに甘くて　いつも優しくて
どこにいてもそっと寄り添ってくれて
だけど何よりも恐ろしい

それは　それは　それは　真実

何にも見えてない奴らがわかってるつもりで語ってる
いつかもしもこれが見えなくなればあんな風に幸せになれるかも

やけに甘くて　いつも優しくて
どこにいてもずっと寄り添ってくれて
だから何よりも恐ろしい
それは　それは　それは　真実

もしかして見えてるのそれは大変だ
絶対に黙っときなそれは真実

青梅

真夏の湯気　変な思い出　ちょっと強く握りしめてみる
真夏の焦げ　そんな思い出　砕け散る前
恋は幻　青いうめぼし　ひとりで酸っぱい顔してた　夏をもとめて

出会ってる？　ねぇ「私たち」で合ってる？　って聞いてる
寝ても覚めてもまだ　じゃあふらりふたりになろうか
夢は冷めても美味いに決まってる　って知ってる　甘い辛い苦い以外で

やっと見つけた運命の人だとか　笑えるそんな軽さで
「たとえようのないこの胸の痛み」だとか　たとえるそんなズルさで

真夏の湯気　変な思い出　もっと強く握りしめてみる
真夏の焦げ　そんな思い出　砕け散る種
恋は幻　赤いうめぼし　ふたりで酸っぱい顔してる　もう夏をとめて

「たとえようのないこの胸の痛み」だとか　たとえるそんなズルさで
真夏の湯気　変な思い出　ずっと強く握りしめてる
真夏の焦げ　そんな思い出　砕け散る種
恋は幻　赤いうめぼし　ふたりで酸っぱい顔してる　この夏をとめて

ワレワレハコイビトドウシダ

夏の終わりでもまだ暑いあたし扇風機　だけどもうお別れ
汗みたいな涙を乾かす　首を振ってた

羽根に降り積もる埃も回る二人の季節を止めたらまたあの夏　冷えた体
わざとふざけて「強」にしてから顔を近づけると変な声になる　二人の発明

「ワレワレハコイビトドウシダ」宇宙人みたいな声で
息もできないほどの寒気がするこの幸せ

もう愛は終わりでもまだ熱いあたし扇風機　だからもうお別れ？
涙みたいな汗が流れる　首を振ったら

足で点けたり消したりしてたら「中」にしたまま寝てしまったみたいで　タイマー切れてた

我々じゃなくてひとり　地球人みたいな声で
息もできないほどの吐き気がする不幸せ

もう夏の終わりでもまだ暑いあたし扇風機　だけどもうお別れ
汗みたいな涙を乾かす　首を振る

夏が来て強くなる風　頼りなくて吹き飛ばされそうな
「ズットスキダヨ」変な声で誤魔化してやっと言えた
秋が来て弱くなる風　いつまでも吹き飛ばせないから
全部好きだよ　小さくて聞こえないし　首を振ってた

I

ぽっかり空いた　穴を塞いだ
その正体はどうせ、愛だ
でもやっぱり泣いた　もう行き止まりだ
君だったのに君じゃなかった

好きで好きで好きで好きで一秒でいいから会いたい
好きで好きで好きで好きで君の好きな人になりたい

は？

ぽっかり空いた　穴を塞いだ

その正体はどうせ、愛だ
でもやっぱり泣いた　もう行き止まりだ
君じゃないのに君だった

たぶん君は何も知らないそれならそれで別にいい
何から何まで違うのにこんなところだけは同じだ
神様お前ちょっと来い

ぽっかり空いた　穴を塞いだ
その正体はどうせ、愛だ
でもやっぱり泣いた　もう行き止まりだ
君だったのに君じゃなかった

好きで好きで好きで好きで一秒でいいから会いたい

好きで好きで好きで好きで君の好きな人になりたい

喉仏

当たり障りのない涙まるでハズレまみれのあみだ
ブツブツ念仏みたいに何か言ってるけど聞こえない
でも奥に何か隠してることはバレてる　見えてる　誰それ

口は災いの元　言葉漏れる穴
今ならまだ間に合う　早く塞いで
ツバの流れでわかる　言葉逃げる道
喉の仏が動く　雀の涙　ハズレのあみだ

信ジル心ゴト転々奥深クマデ落チル
まだブツブツ念仏みたいに何か言ってても意味がない

早く出てこい　そこにいるのはわかってる　必ず引きずり出すから
またそうやって謝ればいいと思ってる
どうせそうやっていつも許されると思ってる
グダグダになるようにブッダブッダ祈る

今夜二人は出会うから　何度でもまた出会う　離さないから

馬の耳に聞こえる　言葉入る穴
今ならまだ間に合う?　逃がさないから
ツバの流れでわかる　言葉逃げる道
喉の仏が動く　雀の涙　ハズレのあみだ
お前は誰だ

あと5秒

徒歩5分　一緒に歩けばまるで好きなバンドのMVだ
曲がり角　最後のコンビニで一番いらないものが欲しい
君の歩幅の中に居たくて　わざとゆっくりこの影だけでも

あと5秒　次の土曜も会えそうで飛び跳ねた　なのにそっちのスキップで
もう5秒　泡のよう　広告はあたしの方だ
まもなく君は次の誰かと再生されます　見たくない

思い出をかき集めても足りない　やっぱりただのCMだ

たった5秒　とがった画鋲　刺さった心に穴　その優しさの先っぽで

告白は　でも5秒　もう駄目だ　思わず止めた
これが最後　矢印に触れる　残りの時間で何を伝えよう
まもなく次の動画が再生されます　あと5秒

おわりに

もう終わりにしよう

とか言う暇もなかった
誤魔化して　やり過ごして　探りあって
騙しあって　殴りあって　全部使い切った
決してフィットしないから
いつまでたってもヒットしない
「きっと」とか「ずっと」とか
そんな風にやれたらよかったのに
代わりにしよう　心は無くても
代わりにしよう　まだ体がある
とにかくしよう　最低の最後に
それからやっと　終わりにしよう

尾崎世界観『私語と』文庫解説

解説　二〇〇九年―二〇一三年

長谷川カオナシ

歌から言葉のみを抽出するための作業行程は「はじめに」の一ページで明らかにされた。そうして立派な歌詞集が出来上がったわけである。しかし、読み始めてすぐに問題に直面した。丁寧に引き剝がされたはずのメロディーが、まだ読み手の脳内にこびりついている。本稿は解説。現体制十五年、尾崎世界観（以下、著者とする）の近くに居続けたメンバー三人がそれぞれの視点から歌詞を解説する。私も脳内に残ったメロディーをどうにか取っ払いながらその役目を果たしたい。

さて、本稿では二〇〇九～二〇一三年の間の歌詞を取り上げるわけだが、「ねがいり」「リン」「イタイイタイ」の三曲はそれ以前の作品である。いずれも二〇〇六年発売のアルバムに収録されていた。「ねがいり」の冒頭、つまり本書の本編最初の一節は〈今日は何にもないただの日だ〉というもの。ただの日をただの人がただならぬ語り口で綴ったものがこの歌詞集『私語と』である、と象徴しているかのような幕開けだ。

著者の詞の大きな特徴の一つとして挙げずにいられないのは「女性目線の語り口」だろう。今日《こんにち》の作品に於いてもよく用いられている技法だ。これもまた「イタイイタイ」で遺憾なく披露されている。二〇〇六年の時点で既に著者のスタイルが確立されていたことが窺える。

「answer」～「イエスタデイワンスモア」は二〇〇九年発売のアルバムに収録されている。ここでもう一つ挙げておきたい著者の技法として、「ある一つの題材を人間関係の比喩として用いる」というものがある。この時期の作品では特にその比喩が顕著に見られるので着目したい。

例えば「answer」に於けるテーマは「クイズ」「問答」といったところだろう。冒頭〈世界一周をかけて〉という大袈裟《おおげさ》なフレーズからクイズ番組を想起させられるが、そんな読み手の推測はその二行後ですぐにひっくり返される。出題者の気持ちが問題になる番組などあるはずがなく、これがごく個人的なやり取りであることが徐々に漂ってくる。〈穴埋め問題〉が何だったのか〈イジワル問題〉がどういうものだったのかを読み手に想像させるこの題材との距離感も心地良い。

「アンタの日記」。ここでの「日記」の指すものについて触れたい。日記とは本来書き手が書き手自身のために記すというごく個人的なものである。が、二〇〇〇年代、個人がインターネット上に「日記」という体裁の文章を打ち込み、それを読み物として公開することが流行した。言わば今日ブログと呼ばれるものの前身であり、本作内の「日記」もそれを指しているものと思われる。日記はあくまでも独り言の体裁をとるもので、誰かに向けたものではない。それが普段から対象者に読まれていることを前提とし、書かないことで興味を惹きたいという「あたし」の心情が印象的だ。

「イノチミジカシコイセヨオトメ」。『古今和歌集』等、日本古来より親しまれてきた詩歌の形式として「七五調」というものがある。本作の言葉のリズムはほとんどが七五調で進行しており、メロディーから引き剝がされた文章としても美しく映る。由緒正しい韻律《いんりつ》でありながら主人公が現代的な女性であるという点も不思議と調和しており、それ故の独特な味わいがある。

「イエスタデイワンスモア」。これは以前の五曲と後に登場する「蜂蜜と風呂場」

が収録されたアルバムの最後を飾った曲である。鏤《ちりば》められた各曲の要素はさながら群像劇のエンディングのようだ。触れられる分量はそれぞれ一行程度だが、読み手はその一行から一曲分の映像を受信する。本書の中でもかなり異色な作品ではないだろうか。

「君の部屋」。丁寧に引き剝がされたはずのメロディーが特にこびりついて離れづらい曲。著者が初めてこの曲を歌ったのは新宿の音楽スタジオ。新曲を作りたいとのことで我々（当時はサポートの）メンバー三人の前で披露してくれた。私の記憶が正しければ、著者は冒頭の一行に関して「考えずに歌った一節」と話していた。そのせいもあってか、特にこの曲は終始著者の人格と作り出すメロディーと言葉が一塊《ひとかたまり》になっているような印象がある。惜しげもなく放たれる絶望とそれでも生きていくという意志の強さが胸を打つ。

「左耳」。女性の心情を描いた曲。愛《いと》しい人の過去を気にしてしまうという脆弱《ぜいじゃく》さ。風景とともに心情までも描写しているにも拘わらず、文字数が決して多くないところに著者の技術が垣間見える。

「愛は」。題材は音楽プレーヤーだと思われる。この頃は世の中から音楽聴取専用の端末が消え失せるとも、イヤホンがワイヤレス化するとも思いもしなかった。失われつつある文化が当時の体温をもって刻み込まれているところが愛おしい。「グルグル」。題材は大手検索エンジンだろう。誰でも頼ったことのある媒体だが、それは決して全知全能ではない。そんな〈感情も無い〉大きな無機物と一個人との対比が面白い。これまた私の記憶が正しければではあるが、この頃の検索結果の画面には「もしかして○○では」という一文が補足されることがあった。今日でも「○○ではありませんか」「もしかして：○○」という表記があるが、当時の一文は「では」で締め括られておりそれが印象的だった。

「愛の標識」。心情の吐露をした直後に必ず「上手《うま》いこと」を言う。これにより、話が深刻になり過ぎることを防いでいる。真顔で言っているのか冗談半分なのかを探りながら読んでいくと、最後の一行、全く飾られていない剝き出しの本音にハッとさせられる。改行によって一人きりで居るその一行は妙に存在感がある。

「バイト　バイト　バイト」。〈いつも使ってるスタジオ〉とはバンド練習をするための時間貸しの施設のこと。〈ノルマ〉は観客を呼べないバンドがライブハウスに出演するに当たって課せられる料金のこと。脚注なしで語られる人生が「バンドマンの歌う歌」という属性を強くしており、その潔さに魅力を感じさせられる。

「蜂蜜と風呂場」。一行目で微《かす》かに香る違和感。読み進めていくにつれ、それが徐々に晴れていく。やがて確信に変わるが、そのカタルシスを得ると同時に私は言葉を失った。題材の大胆さにだ。初めての感情だった。しかし本作に於いて語られるべくはこの題材を選択した大胆さでも、それを包み隠した技巧でもない。確かに人目を惹く題材だ。性に関する行為は得てして不格好であり、茶化そうとすればいくらでもその余地がある。少なくとも私は本作に対して下品な印象はなく、ロマンチックでさえあると感じた。この辺りの、題材を通して描かれる心情の豊かさこそ言及されるべきではないだろうか。

「あ」。文章として読むとそれぞれ違った「あ」の表情が見えてきて面白い。意志と絶望の間をずっと往復しているかのよう。私は〈探さないでって書いた手紙〉という比喩が好きだ。世の中には額面通りに受け取ってはいけない言葉がたくさんある。

「マルコ」。著者の愛犬を歌った歌。私が聞いた話によると、マルコは捨て犬だったそうだ。そのせいか「臭い」といったようなネガティブな言葉を妙に嫌ったらしい。服を着たりと、人間と同じ扱いをされることを喜んだらしい。明確に動物を対象とした詞は本書の中でも異色であるが、言葉が〈伝わらない〉歯痒《はがゆ》さは他の作品でも度々取り上げられるテーマ。著者がいかにマルコを愛していたかが伝わってくるようだ。

「社会の窓」。メジャーデビューシングル「おやすみ泣き声、さよなら歌姫」でヒットチャート初登場七位を記録し、セカンドシングルの本作はアルバムの七曲目に収録された。語り口は女性の独白のような形で進行していく。そういう物語と思って読んでいると突然〈余計なお世話だよ〉というノンフィクションが登場し驚かされる。私が読んでいたのは物語ではなかった。メタ的な発言で主人公と書き手との隔たりは失われる。これによって「社会の窓」は「バイト　バイト　バイト」の世界ともどこか地続きになり、当時の売れないバンドマンのことを思うと運命の不思議さを感じる。

「ハロー」。ここまでで初めて、「自分以外の誰かが歌うことを想定して書かれた曲」。当初はもう少し「父」の要素を含んだ内容だったと記憶している。修正の依頼を受けて現在の形になった。軌道を変えながら双方納得のいくものを仕上げるという著者の作家性の高さが窺える。

さて、先述の通り二〇〇九～二〇一三年の間の歌詞を取り上げた。本企画は、メンバー三人が五年ごとの時間軸の作品を解説するというもの。次の二〇一四～二〇一八年を担当するのはドラムの小泉拓。プロとしての活動も板に付き始め、二度の武道館公演もあった時期の作品達。どう解説されるのか注目したい。

（はせがわ・かおなし／クリープハイプ　ベース・コーラス）

解説　二〇一四年―二〇一八年

小泉 拓

悩んでいる。

正直、荷が重い。

尾崎世界観の歌詞については、メンバーといえども、踏み込めない。

それは尊重しているからであり、信頼しているからである。


私は自分で音楽を聴くようになった頃、歌詞は要らないと思っていた。

音楽は、音のみで成立しうるものであり、歌詞が付くことによって、その音に説明文が付いてしまう、と思っていた。

したがって、映画やゲームの中で流れる音楽や、そのサウンドトラックばかりに興味があり、一般的に広く聴かれている歌モノというものに対しては、斜《しゃ》に構えている節があった。

しかし、生きていく中で、段々とこの歌モノという音楽に共感する人の気持ちがわかるようになる。

人は皆、それぞれが自分の人生を生き、それぞれに日常があり、その中で多様な事柄を経験する。

その事柄それぞれに対する感情があり、それらにそっと寄り添ってくれる、歌という音楽。

なるほど。

そういうことか。

こうした、いわゆる構図に気付き、いつしか自分もその構図に当てはまるようになった。


尾崎世界観の歌詞。

これについて書くのは、前述のような私の経歴からも、大変おこがましい。

しかし、せっかくの機会であるし、こんな機会もなかなか無いであろうから、私なりにではあるが、書いてみようと思う。

私の思う優れた歌詞の要素の一つに、生きる上で生じた感情を自分の代わりに言葉にしてくれる、というものがある。

その感情は、怒りであったり、悲しさであったり、寂しさであったり、幸せであったり、あるいは言葉にはなかなか出来ないものであったりする。

その言葉にはなかなか出来ない感情を、尾崎世界観は、様々な角度から歌詞化して、可視化する。


「ボーイズENDガールズ」には〈シャンプーの匂いが消えないうちに〉という表現が出てくるが、私はこの表現から、おそらくは恋愛関係にあるであろう二人の生活感や距離感や気持ちを想像する。

これはいわば我々の日常にも存在する、言葉にはしないけれども確かに感じたことのある瞬間の切り取りが行われることで、いつの間にか登場人物を想像し、感情移入をし、ひいては自分と重ねる、という現象が起きているわけだ。

歌詞化により可視化された匂いにより、景色や感情が見えてくる。

尾崎世界観の歌詞からは、このような事がよく起こる。

情景や感情が小説的に展開し、自分ごととして体感するような感覚を覚えるのだ。

この感覚により、曲を聴いた人の感想が「世界観が良いね」となってしまうのもわからないでもない。

こちら側がこの感覚を表現する手法を持ち合わせていないからだ。

「百八円の恋」は、映画『百円の恋』の主題歌である。

私は、この曲のサビで歌われる〈終わったのは始まったから／負けたのは戦ってたから／別れたのは出会えたから／ってわかってるけど／涙なんて邪魔になるだけで／大事な物が見えなくなるから／要らないのに出てくるから／余計に悲しくなる〉というフレーズが、たまらなく好きだ。

この悔しさ、知っている。

悔しい時に泣きたくないのに涙が溢れて、余計に悔しくなる、あの感じ。

思い通りにならない、自分という存在。

そういった感情を、この曲は代弁してくれる。
そしてこの曲は、私の中で、尾崎世界観そのものの姿とも重なる。
尾崎世界観は戦っている。
悔しい瞬間もあった。
しかし悔しいのは戦っていたからで、挑戦をしたからだ。
挑戦は、とてもかっこいいことだ。
勝ち負けは、あまり関係がない。
勝負をするということが素晴らしい。
挑戦する姿こそが人の心を動かすのだ。
敢えて言わせていただく。
私にとってこの曲は、尾崎世界観の主題歌である。

さて、私は現在同じバンドのメンバーという立場でこの場にいるが、もし「バンド」という曲が無かったら、果たして今、こうしてこの場にいるだろうか？
そう考えてしまうくらいには、この曲の歌詞に救われている。

今でも正面からこの曲を聴くと泣いてしまう。

自分の存在意義を見失っていた時期があった。

自分が何を求められていて、どう振る舞うべきかがわからなくなっていたのだ。

そんな時に、この歌詞と出逢う。

私は自分を肯定し、自信を取り戻す事が出来た。

人間同士、お互いを理解するのは、とても難しいことだ。

面と向かって改めてお互いをどう思っているかを言う場など、そうそう無い。

歌詞という形であっても、伝えてくれて嬉しかった。

……というのが、私の素直な感情である。

この曲は、歌詞にして伝えるという、ある種、尾崎世界観にしか出来ない手法により、マイナスをプラスに捻じ曲げてみせた、実に粋な曲なのだ。

だからこの曲「バンド」は、クリープハイプというバンドにとって、とても大切な曲である。


以上、あくまでも私の視点から書いた。

歌詞解説として成立しているか否か。

また、ここで扱わなかった歌詞については、皆さんの方で色々と考察して、人生の彩りとしていただければ幸いです。

他のメンバーは一体どんなことを書いたのか。気になる。

引き続き歌詞解説をお楽しみください。


（こいずみ・たく／クリープハイプ　ドラム）

解説　二〇一九年—二〇二四年

小川幸慈

昔から尾崎世界観の紡ぎだす歌詞は、日常の見過ごしてしまう些細《ささい》な出来事や、ちょっとした感情の揺れを、わかりやすい言葉で、でも他の人にはない視点で、出来ない表現で書かれていると感じていて、それはバンドの状況が変わった今も変わらない部分だと思っている。

生活の中で欠かせない衣食住。その中で食に関連することを、まったく「料理」をしない尾崎が歌詞の題材にしたのが興味深かった。クリープハイプのレコーディングのやり方はまず楽器を録音してオケをある程度仕上げて、その後に歌を録音する。だけど、私と拓《たく》さんは歌録りには参加しないので、帰宅して、歌録りが終わったらデータで送られてきて、家で聴く。このタイミングで初めて歌詞を知る。この時に歌詞カードがあるわけではないので、何を歌っているのかを想像する。「料理」には尾崎世界観が得意とする言葉遊びが随所に鏤《ちりば》められていて、聴き取り作業が特に難しかったのを覚えている。せんたくはどうしたって選択がまず頭に浮かぶし、できあいや、ツマの音の響きも、文字にすると意味が変わる。言葉の面白さを改めて感じると同時に、なんて自由自在に操るのだろうと感心させられた。初めて歌詞カードを見る時に答え合わせの感覚になるバンドなんて、他にそうないと思う。あの時間、結構好きなんです。

そして、素直になれず気持ちを伝えられない不器用な男。刺々《とげとげ》しい、ブスという言葉だけを聞くと不快感を覚えた人もいるかもしれない。いや、いたと思う。最初に聴いた時はこのメロディー・演奏に、この歌詞を書いたのかと私も少し驚いた。でも、歌詞をじっくり読んで聴くと、言葉の表面的な部分ではなく、奥の方に、好きな人にちょっかいを出してしまうような、二人にしかわからないやりとり、そんな生活がこの「愛す」には見えてくる。当然、尾崎も世間からの反応を想像したと思う。でも書きたいことを臆《おく》することなく書き切るところが凄いなと、素直に思いました。そして、すぐさま「しょうもな」で〈愛情の裏返しとかもう流行らないからやめてよ〉と書けるのだから……。曲の最後の最高級の皮肉がとても大好きです。

学生時代に好きなバンドが新しいアルバムを出した時に自分も言った経験がある、ファーストの方が良いねっていう、よく耳にするセリフ。そんな言葉を言われる側になったのだなと感じたのが「一生に一度愛してるよ」。やっぱり初期の作品は粗削《あらけず》りでごちゃごちゃしてたりするけど、バンドが楽しくてしょうがなくて、勝手に内側から溢れ出てくる情熱やアイデア、その時にしか出せない剝き出しの音が詰まっている。当時はバンド側の気持ちなんて考えたことはなかったけど、今ならわかる。もちろん初期の作品が良いと言ってもらえるのは嬉しい。でも、バンドはいつだって今が一番良いと思いながら活動し、曲を作っている。そんな思いとは裏腹にＳＮＳに転がる、そんな言葉を掬い上げて、変わらないでいてほしいのに変わっていく恋人同士の関係と対比させながら描いていくこの曲を聴いた時は、その着眼点に唸《うな》りました。曲をアレンジしている最中のスタジオで、珍しく尾崎から「こんな歌詞にしようと思う」と聞いたのを今でも覚えています。

今までのバンドの歴史を振り返っても、この先十年、十五年経って振り返った時にも、「ナイトオンザプラネット」はバンドにとって、ファンにとっても大事な曲であり続けるんじゃないかなと思う。二〇二〇年二月七日の Zepp 札幌公演から始まった現メンバー十周年の記念ツアーが、新型コロナウイルスの影響によりまさかの中止に。当時は誰もがその得体の知れない、見えないウイルスへ恐怖と不安を抱えていた。広島公演が中止になった、本来だったらライブをしている時間に作られたというこの曲には、尾崎の創作に向かう力を感じる。私はあの時間、ライブが出来ない悔しさを抱えながらも、どうすれば良いのかわからず、何もしていなかったんじゃないかな。そんな負の要素をプラスに変換して生まれた、優しいメロディーに載せられた温かくも少し切ない歌詞が胸に響く。自分が選択してきた道に不満はないけど、時々自信がなくなり、立ち止まって、確認したくなる時がある。きっとこの先もあるだろう。周りと自分の状況を比較して焦ってしまったり。そんな時、この曲は今の自分に納得して進んでいく力をくれるんだと思う。

今まで出してきたクリープハイプの作品の中には尾崎世界観の弾き語りの曲が入ることがある。そこには尾崎の声とアコースティックギターしか鳴っていないんだけど、しっかりとクリープハイプが存在している、そんな曲が好きなんです。EP「だからそれは真実」の五曲目に収録されている「真実」。この曲はMIX作業の時に初めて聴いて、なんだか見てはいけないものを見てしまったような気持ちになったのを覚えている。この時も例によって歌詞カードはなかったので、置いていかれないように、そして初めて聴いた時の感覚を忘れないように、必死に耳でおいかけた。そっと耳元でささやくように歌われた〈真実〉というフレーズ、尾崎世界観が普段使いそうもない、そのちょっと白々《しらじら》しくて避けて通りそうな言葉が面白くて、そこに隠されてる意図は何なんだろうとＭＩＸ作業の間考えていた。日頃から感じているが、嘘くさい、耳触りの良い言葉を信用していないからではないかと思っています。

この先バンドを続けていって、自身の環境や、時代が変わったとしても、尾崎世界観はきっといつもどこか満たされない部分があって、もちろん幸せになって欲しいけど、いろいろと見えてしまうだろうなとも思う。でも、そこから生まれる歌詞をこれからもたくさん読みたいし、そんなことを考えていたのかと驚かされたい。なので少しでも長くバンドマンでいるために、健康に気をつけながらこれからも生きていきましょう（バンドマンらしくないけどね）。

（おがわ・ゆきちか／クリープハイプ　ギター）

＊本書は二〇二二年に
弊社より単行本として刊行されました。
文庫化に際して九曲の「歌詞」を収録の上、
「文庫」という名の歌詞を書き下ろし。
さらにクリープハイプのメンバー三人
（長谷川カオナシ・小泉拓・小川幸慈）による
「解説」を併録しております。

編集協力：株式会社プリミティブ

日本音楽著作権協会（出）許諾第 2405782-401 号

私《し》語《ご》と

二〇二四年一〇月一〇日　初版印刷
二〇二四年一〇月二〇日　初版発行

著　者　尾《お》崎《ざき》世《せ》界観《かいかん》
発行者　小野寺優
発行所　株式会社河出書房新社
〒一六二-八五四四
東京都新宿区東五軒町二-一三
電話〇三-三四〇四-八六一一（編集）
〇三-三四〇四-一二〇一（営業）
https://www.kawade.co.jp/

ロゴ・表紙デザイン　粟津潔
本文フォーマット　佐々木暁
本文組版　KAWADE DTP WORKS
印刷・製本　中央精版印刷株式会社

Printed in Japan　ISBN978-4-309-42140-7

きみの言い訳は最高の芸術

最果タヒ　41706-6

いま、もっとも注目の作家・最果タヒが贈る、初のエッセイ集が待望の文庫化！「友達はいらない」「宇多田ヒカルのこと」「不適切な言葉が入力されています」ほか、文庫版オリジナルエッセイも収録！

少女ABCDEFGHIJKLMN

最果タヒ　41876-6

好き、それだけがすべてです——「きみは透明性」「わたしたちは永遠の裸」「宇宙以前」「きみ、孤独は孤独は孤独」。最果タヒがすべての少女に贈る、本当に本当の「生」の物語！

もぐ∞

最果タヒ　41882-7

最果タヒが「食べる」を綴ったエッセイ集が文庫化！「パフェはたべものの天才」「グッバイ小籠包」「ぼくの理想はカレーかラーメン」etc.＋文庫版おまけ「最果タヒ的たべもの辞典（増補版）」収録。

サラダ記念日

俵万智　40249-9

〈「この味がいいね」と君が言ったから七月六日はサラダ記念日〉——日常の何げない一瞬を、新鮮な感覚と溢れる感性で綴った短歌集。生きることがうたうこと。従来の短歌のイメージを見事に一変させた傑作！

〈チョコレート語訳〉みだれ髪

俵万智　40655-8

短歌界の革命とまでいわれた与謝野晶子の『みだれ髪』刊行百年を記念して、俵万智によりチョコレート語訳として、乱倫という情熱的な恋をテーマに刊行され、大ベストセラーとなった同書の待望の文庫化。

求愛瞳孔反射

穂村弘　40843-9

獣もヒトも求愛するときの瞳は、特別な光を放つ。見えますか、僕の瞳。ふたりで海に行っても、もんじゃ焼きを食べても、深く共鳴できる僕たち。歌人でエッセイの名手が贈る、甘美で危険な純愛詩集。

短歌の友人

穂村弘　41065-4

現代短歌はどこから来てどこへ行くのか？　短歌の「面白さ」を通じて世界の「面白さ」に突き当たる、酸欠世界のオデッセイ。著者初の歌論集。第十九回伊藤整文学賞受賞作。

はじめての短歌

穂村弘　41482-9

短歌とビジネス文書の言葉は何が違う？　共感してもらうためには？「生きのびる」ためではなく、「生きる」ために。いい短歌はいつも社会の網の目の外にある。読んで納得！　穂村弘のやさしい短歌入門。

たった1°のもどかしさ　恋の数学短歌集

横山明日希〔編著〕　41905-3

「座標から距離の出し方知ったけど距離の詰め方教科書にない」「いままでに覚えてきた公式もあなたの前じゃ解が出せない」……Twitter で話題になった「数学短歌」がついに文庫化！

恋と退屈

峯田和伸　41001-2

日本中の若者から絶大な人気を誇るロックバンド・銀杏ＢＯＹＺの峯田和伸。初の単行本。自身のブログで公開していた日記から厳選した百五十話のストーリーを収録。

青春デンデケデケデケ

芦原すなお　40352-6

一九六五年の夏休み、ラジオから流れるベンチャーズのギターがぼくを変えた。“やーっぱりロックでなけらいかん”——誰もが通過する青春の輝かしい季節を描いた痛快小説。文藝賞・直木賞受賞。映画化原作。

ブラザー・サン　シスター・ムーン

恩田陸　41150-7

本と映画と音楽……それさえあれば幸せだった奇蹟のような時間。「大学」という特別な空間を初めて著者が描いた、青春小説決定版！　単行本未収録・本編のスピンオフ「糾える縄のごとく」＆特別対談収録。

不思議の国の男子

羽田圭介　41074-6

年上の彼女を追いかけて、おれは恋の穴に落っこちた……高一の遠藤と高三の彼女のゆがんだＳＳ関係の行方は？　恋もギターもＳＥＸも、ぜーんぶ“エアー”な男子の純愛を描く、各紙誌絶賛の青春小説！

KUHANA!

秦建日子　41677-9

１年後に廃校になることが決まった小学校。学校生活最後の記念というタテマエで、退屈な毎日から逃げ出したい子供たちは廃校までだけ赴任した元ジャズプレイヤーの先生とビッグバンドを作り大会を目指す！

ザーッと降って、からりと晴れて

秦建日子　41540-6

「人生は、間違えられるからこそ、素晴らしい」リストラ間近の中年男、駆け出し脚本家、離婚目前の主婦、本命になれないＯＬ——ちょっと不器用な人たちが起こす小さな奇跡が連鎖する！　感動の連作小説。

枕女優

新堂冬樹　41021-0

高校三年生の夏、一人の少女が手にした夢の芸能界への切符。しかし、そこには想像を絶する現実が待ち受けていた。芸能プロ社長でもある著者が描く、芸能界騒然のベストセラーがついに文庫化！

フルタイムライフ

柴崎友香　40935-1

新人ＯＬ喜多川春子。なれない仕事に奮闘中の毎日。季節は移り、やがて周囲も変化し始める。昼休みに時々会う正吉が気になり出した春子の心にも、小さな変化が訪れて……新入社員の十ヶ月を描く傑作長篇。

きょうのできごと　増補新版

柴崎友香　41624-3

京都で開かれた引っ越し飲み会。そこに集まり、出会いすれ違う、男女のせつない一夜。芥川賞作家の名作・増補新版。行定勲監督で映画化された本篇に、映画から生まれた番外篇を加えた魅惑の一冊！